문
재
인

문재인

초판1쇄 인쇄 | 2021년 6월 22일
초판1쇄 발행 | 2021년 6월 29일

지은이 | 이원호
펴낸이 | 박연
펴낸곳 | 한결미디어

등록 | 2006년 7월 24일 (제313-2006-000152호.)
주소 | 서울시 마포구 모래내로 83 한올빌딩 6층
전화 | 02-704-3331
팩스 | 02-704-3360
이메일 | okpk@hanmail.net

ISBN 979-11-5916-152-0 03810

ⓒ한결미디어

문재인

이원호 지음

한결미디어
HANGYEOL
MEDIA

저자의 말

이 소설에서 펼쳐지는 세상이 '끔찍하다고' 생각하는 사람도 있겠지.
하지만 이런 세상을 꿈꾸는 사람들도 많은 것을 어쩌랴.

그래도 함께 살아가야 하는 세상.

새 세상을 쓰다 보니 문재인에 대한 '호의'가 솟아오르는 것이었다.
조국의 투쟁이 안쓰러워졌고 윤석열의 정의(正義)가 약해지는 현상도
일어났다. 다 '문재인'의 위대함 때문이지.

나는 이런 소설이 처음은 아니다.
김영삼, 김대중, 노무현, 이명박 정권의 집권 4년 차에 꼭 실명소설을
써서 출간했다.
그것이 군주론(君主論),
1권 김영삼
2권 김대중

3권 노무현

4권 이명박으로 모아서 출간되었다.

박근혜는 4년 차에 탄핵되어서 못 썼다.

그래서 이번에 5권째로 '문재인'을 출간하게 된 것이다.

문재인을 비롯하여 실명으로 등장시킨 여러분께 호의를 전한다.

이 소설을 끝까지 읽고 나면 문재인 만세를 부를 수밖에 없을 테니까.

자,

위대한 대통령

문재인 만세!

2021. 6. 25. 이원호

차례

프롤로그

2017년 5월 12일, 오전 7시 반, 이곳은 문재인의 홍은동 사저, 아직 청와대 정비가 덜 되어서 내일 청와대로 입주할 예정.

사저 응접실 탁자 위에 유리잔 2개가 놓여 있다. 둘 다 커피색 음료가 들어 있다. 하나는 문재인의 변비약 주루루, 또 다른 하나는 김정숙의 다이어트 약 마르나, 둘이 아침마다 복용하는 약이다.

서둘러 응접실로 나온 문재인이 김정숙의 다이어트 약 마르나를 벌컥대며 삼키더니 잔을 내려놓았다. 그러고는 현관으로 나간다.
뒤를 이어서 나온 김정숙이 문재인의 변비약 주루루를 단숨에 마시고는 뒤를 따랐다. 같이 청와대로 가는 것이다.

차에 오른 둘이 집 앞을 빠져나간 순간이다. 둘은 거의 동시에 시트에

몸을 기대고는 기절했다. 앞쪽에 탄 경호실장과 운전사는 눈치채지 못했다. 그리고 나서 20분쯤 후에 둘이 깨어났다.

자, 대한민국의 역사가 이렇게 다시 만들어진다. 변비약 주루루와 다이어트 약 마르나 덕분이다. 바꿔 마신 덕분이지, 그것이 대한민국의 운(運)이었다.

변신

"양정철이 불러와."

문재인이 국정상황실장 윤건영에게 지시했다. 오전 10시, 청와대 집무실, 윤건영이 고개만 숙여 보이고는 방을 나간다.

토 달지 않고 바로 시킨 대로 일하는 것이, 그것도 빨리, 윤건영의 장점이다.

오전 11시 반.

양정철이 문재인의 집무실로 들어섰다.

긴장한 양정철이 주춤대며 다가왔을 때 문재인이 두 팔을 벌렸다.

"어, 왔어?"

대선이 끝나고 청와대 실장부터 수석까지 발령을 낼 때 양정철은 빠졌다. 대선 일등공신인데도 뒤로 빠진 이유에 대해서 온갖 추측이 난무했지만 본인이나 문재인은 함구했다. 방 안에는 둘뿐이다. 문재인이 어깨를 감싸 안았을 때 양정철이 숨 들이켜는 소리를 냈다.

"어디 숨어 있었어?"

"아뇨, 제가 무슨."

쓴웃음을 지은 양정철을 앞쪽 소파에 앉게 한 문재인이 말했다.

"비서실장은 임종석으로 했으니까 자넨 정책실장을 맡아. 비서실장하고 같은 급으로 할게."

"아뇨, 안 합니다."

대번에 말한 양정철이 손까지 흔들었다.

"저, 뉴질랜드에 가려고 비행기 표까지 예약했습니다."

"뉴질랜드 좋아하네."

"아닙니다, 대통령님."

"헛소리 말고. 자네가 할 일이 많아."

"대통령님 저는…."

그때 문재인이 인터폰을 누르더니 말했다.

"어, 지금 모시고 와."

소파에 등을 붙인 문재인이 지그시 양정철을 보았다.

"이봐, 양 비서, 아니 이제는 양 실장이지. 내가 달라진 것 같지 않아?"

"예?"

어리둥절한 표정의 양정철이 문재인을 보았다. 그러고 보니 얼굴에 활기가 떠오르고 있다. 눈빛도 맑다, 전에는 흐리멍텅했는데. 그때 문재인이 말을 이었다.

"며칠 전에 홍은동에서 아침에 출근할 때 말야, 차에 탔다가 잠깐 자다가 깼는데 그때부터 내가 좀 달라진 것 같아."

"…."

"글쎄 뭐랄까, 내가 다른 사람이 된 것 같다니까, 성격이."

"…."

"그리고 와이프도 달라졌어."

그때다. 집무실 문이 열리더니 김정숙이 들어섰다. 놀란 양정철이 벌떡 일어섰을 때 김정숙이 환하게 웃었다.

"아이구, 양 비서님, 아니 양 실장님."

"사모님, 안녕하셨습니까?"

양정철이 허리를 꺾어 절을 했다.

"오랜만에 뵙습니다."

"아이구, 내가 인사를 먼저 드렸어야 했는데."

다가온 김정숙이 양정철의 손을 두 손으로 감싸 쥐었다.

"대통령께서 말씀하셨지요? 양 실장님이 옆에서 도와주셔야 해요."

"사모님, 저는."

"제가 옆에서 설치는 꼴은 국민들께 보이면 안 돼요. 양 실장님이 필요해요."

양정철은 정책실장 이야기가 둘 사이에 되어 있다는 것을 알았다. 그러니까 아까부터 '양 실장님'이라 해 쌓지. 그나저나 이게 웬일인가, 여사님께서 이렇듯 환대를 하시다니. 그때 김정숙이 양정철을 끌어당겨 옆자리에 앉혔다. 힘도 세지.

"우리가 변했다는 말, 저 양반이 하던가요, 나도 변했다는 말?"

그러고 보니 여사님도 변하긴 했다. 도대체 무슨 일인지, 그래서 양정철이 청와대 정책실장이 되었다.

소득주도성장(소주성)

"소주성?"

문재인이 되묻자 모두 '빵'한 표정으로 쳐다보았다. 2017년 5월 13일 오후 5시, 청와대 본관의 회의실 안에서 보좌관 회의가 열리고 있다. 5월 10일 취임을 한 지 사흘 후다. 모두의 시선을 받은 문재인이 말을 이었다.

"막걸리성 성장이 차라리 낫지."

그때 몇 명이 '픽픽' 웃다가 그쳤다. 문재인이 정색했기 때문이다. 방 안에 문재인의 목소리가 울렸다.

"난 경제를 모르니까 경제 전문가들을 비서실과 정부 요직에 임명해야겠는데."

"…"

"이런 소득주도성장 같은 한 번도 시험해 본 적이 없는 경제 정책을 내놓아서 경제에 혼란을 일으킬 필요는 없다고 생각해요."

"…"

"솔직히 박근혜 정권이 경제 정책 과정에서 크게 실패한 건 없지 않아요?"

문재인이 주위의 보좌관들을 둘러보았다.

"그대로 이어서 추진합시다. 박 정권 때 일했던 경제 관료, 청와대 경제팀도 그대로 놔둬요. 천천히 봐 가면서 바꿀 건 바꿉시다. 그리고…"

문재인의 얼굴에 웃음이 떠올랐다.

"나도 바꿀 건 바꿀 테니까, 내 자신을 말요."

그때 양정철이 물었다.

"저도 경제는 잘 모릅니다만 박 정권의 경제를 그대로 밀고 나간다는 건 좀 문제가 되지 않겠습니까?"

"진짜 문제는 아무것도 모르면서 의욕만 갖고 밀어붙이는 거야."

양정철의 시선을 받은 문재인이 빙그레 웃었다.

"솔직히 내가 뭘 알아? 그리고 내 주변의 학자들, 그 사람들, 현실 경제에 익숙한 사람들인가?"

모두 조용해졌고 문재인이 고개를 저었다.

"국정이 논문 몇 편 쓴 학자들의 경제 실험장이 아냐. 정책을 잘못 썼다가 죽어나는 건 국민이야, 국민이 피를 본다고."

고개를 든 문재인이 양정철을 보았다.

"지금 우리한테 소주성 정책 가져온 사람들한테 2년쯤 지나고 나서 정확한 평가를 받도록 한다면, 그리고 그 평가에 의해서 처벌을 받도록 한다면 기용할 수 있을까?"

"아마 안 올 것 같은데요?"

양정철이 고개를 기울이며 말했다.

"지금까지 그런 정권도 없었고요."

"정치가도 마찬가지야. 실정에 대해서는 처벌을 받아야 돼."

그러고는 문재인이 자리에서 일어섰다.

엄격한 표정이다.

문재인이 방을 나갔을 때 누가 테이블 위에 놓인 서류 파일 3개를 보고 물었다.

"저거 어떻게 하지?"

그때 청와대 비서실장으로 임명된 임종석이 다가가 파일을 집어 들었다. '소주성' 계획 입안자인 장하성, 김상조, 홍장표의 이력서다. 그들은 곧 청와대 정책실장, 공정거래위원장, 경제수석에 임명될 예정이었다. 그때 임종석이 서류를 쥔 채 주위를 두리번거렸다.

"쓰레기통 어디 있지?"

문재인이 숙소로 돌아갔을 때는 오후 9시가 다 되어갈 무렵이다. 옷을 갈아입고 나온 문재인이 거실 소파에 앉기를 기다렸다는 듯이 김정숙이 물었다.

"이거, 그대로 읽을 거야?"

김정숙이 손에 든 것은 대통령 연설 원고다. 손을 흔들었기 때문에 종이가 펄럭거렸다.

"응, 왜?"

"여기 내가 밑줄 그은 부분이 있는데."

김정숙이 문재인을 노려보았다가 그 부분을 읽었다.

'한 번도 경험해 보지 못한 나라를 만들겠습니다.'라고 취임사 제목을 붙였더군."

"그래, 멋있지?"

"어쩌자는 건데?"

"더 새롭고, 건전하고, 정직하고, 활기차고, 부유한 나라를 만들겠다는 것이지."

"이것 빼."

"뭘?"

"이 말을 빼란 말야. 너무 기대를 품게 하면 못써."

"…."

"당신은 이제 대통령이 되었으니까 더 이상 입에 발린 말 할 필요가 없는 거야."

"…."

"나한테나 한 번도 겪지 못한 세상 구경시켜줘."

그때 김정숙의 눈빛을 본 문재인이 혀를 찼다.

"이 여자가 미쳤나?"

"난 당신이 자랑스러워."

그때 문재인이 고개를 끄덕였다.

"그래 뺄게."

그러더니 덧붙였다.

"이 문구만."

그래서 취임사에 '한 번도 겪어보지 못한 나라'라는 문구가 없어졌다, 소주성도 함께.

월성1호기의 운명

"월성1호기는 어떻게 할까요?"

산업통상부 장관 백운규가 다가와 물었을 때는 국무회의가 끝난 후다. 오전 11시 40분, 백운규가 어수선한 틈을 타서 문재인 옆으로 다가갔기 때문에 비서실장 임종석이 쳐다보았다. 깔끔한 성품의 임종석은 규율에 민감하다. 그때 문재인이 눈짓으로 임종석을 말렸다. 임종석이 주춤 걸음을 멈췄을 때 문재인이 백운규의 어깨를 감싸 안고 벽 쪽으로 몸을 돌렸다. 수십 쌍의 시선이 둘의 등 뒤로 쏟아졌다. 백운규는 등에 눈이 없지만, 다 의식하고 있겠지. 아마 오늘부터 백운규의 위상은 단숨에 업그레이드될 것이다, 임종석까지 물리치고 대통령과 둘이 밀담을 나누니. 둘의 등 뒤로 장관들이 발소리를 죽이고 지나간다. 이제 둘은 벽과 1미터쯤의 거리를 두고 나란히 서 있다. 그때 문재인이 낮게 물었다.

"월성1호기라뇨? 뭐 말씀입니까?"

"저기, 언제 가동이 중지되느냐고 말씀을 하셨다고 해서요."

"아!"

"폐쇄 조치를 해야겠지요? 그러려면 자료를 조금 고쳐야 될 것 같아서요."

"놔 두십시다."

"예?"

"그거 큰일 날 일입니다."

"아, 예."

"내가 왜 그런 생각을 했는지 모르겠어요. 멀쩡하게 잘 돌아가는 원전을 두고 말입니다."

"아, 예."

"내가 내 말만 듣고 따르는 청와대 직원들, 그리고 장관, 공무원들까지 범법자로 만들 뻔했어요."

"아, 예."

"우리는 원자력을 키워야 합니다."

"예, 각하."

감동한 백운규는 눈까지 흐려졌다. 목이 메어 목소리도 이상해졌다. 각하라니….

"지당하신 말씀입니다, 대통령님."

"원자력을 더 키우는 방안을 강구해서 저한테 보고해주세요. 정부에서 적극 지원하겠습니다."

"감사합니다."

제가 원자력 담당이나 되는 것처럼 백운규가 벽을 향해 기역자로 허리를 꺾었다. '죽을래 과장'이 어디 있어? '양재천 국장'이 나올 리가 없지.

사회수석 김수현이 집무실로 들어섰을 때는 오후 3시 무렵이다. 다가선 김수현이 근심스러운 표정으로 물었다.

"대통령님, 산자부 백운규 장관에게 지시하셨습니까?"

"응?"

눈을 크게 떴던 문재인이 곧 고개를 끄덕이며 웃었다.

"아, 원전 문제. 그, 월성1호기?"

"예, 대통령님. 백 장관이 그거 없던 것으로 하겠다고 해서요. 대통령님이 지시하셨다고….'"

"아, 내가 김 수석한테는 그 말 안 했네."

문재인이 자리에서 일어나 소파에 앉으면서 김수현한테도 앞자리를 권했다.

"내 대통령 선거 공약이었지, 원전 폐쇄가 말야."

말문을 연 문재인이 쓴웃음을 지었다.

"고쳐야겠어. 괜히 앞뒤 생각 않고 내지른 공약이란 말야. 이제 좀 안

정이 되고 생각해 보니까 그거 큰일 날 정책이더군, 안 그래?"

김수현이 숨만 쉬었다, 이 물음에 예, 하고 대답했다가는 큰일 날 일 저지른 대통령을 비난한 셈이 될 테니까. 그렇다고 아닙니다, 하기에는 또 멋쩍다, 문재인 말이 맞다는 걸 아닐까. 그때 문재인이 말을 이었다.

"직언하는 참모가 필요해. 내가 뭐라고 내지르면, '안 됩니다' '틀렸습니다'라고 하는 참모들이 말야."

"죄송합니다."

"원전 문제는 없던 것으로 해, 아니 원자력발전 위원회를 더 강화하기로 하지."

"예, 대통령님."

"이것은 즉흥적인 결정이 아냐. 이번에는 내가 한국의 원자력 발전사와 전망에 대해서 좀 읽어보고 몇 사람한테 자문도 받았어."

그러고는 문재인이 길게 숨을 뱉었다.

"앞으로 뭘 저지르지 말고, 있는 것이나 단속하면서 지내야겠어."

"…."

"내가 말주변이 없고 내성적인 성격인데 그것도 좀 바꿔야 할 것 같고."

김수현은 온몸에 땀이 솟아나는 것을 느낀다. 대통령이 달라졌다. 전에는 이렇게 '속'에 있는 말을 잘 내놓지도 않았는데. 어쨌든 원전은 살아났구나.

그때 문재인이 고개를 들고 김수현을 보았다.

"그, 태양광 사업."

"아, 예, 대통령님."

긴장한 김수현이 숨을 죽였다. 원전을 대신할 태양광 사업이 지금 막 대대적으로 시작할 준비를 갖추고 있다.

"내가 듣기로는 막 벌리는 중이라던데."

"그렇습니다."

"그거 그만둬야겠지?"

"예, 대통령님."

"괜히 사업 벌이지 말라고 해. 잘못되면 큰일 난다고."

"알겠습니다."

"원전이 그대로 진행되는데 태양광 사업을 할 이유가 없지."

"그렇습니다."

문재인이 고개를 절레절레 흔들었다.

"내가 뭘 잘못 먹었나 봐, 멀쩡한 원전을 폐쇄시키려고 하다니."

박근혜

"당신이 좀 휘둘리는 것 같아."

오전 8시 20분, 옷을 입는 문재인의 뒤에 서서 김정숙이 말했다.

"뭐?"

앞쪽 거울을 향한 채 문재인이 물었다. 청와대 자택 안, 옷방에 둘이 서 있다.

"저기 말야."

김정숙이 앞쪽 거울의 문재인과 시선을 마주친 채 말을 이었다.

"청와대 운동권 애들한테."

"걔들이 어쨌다고?"

"걔들이 당신을 주무른다는 소문이 났어."

"지랄들 하네."

"누가?"

"소문을 낸 놈들."

"당신은 마음이 약해."

"쓸데없는 소리."

"그래서 쓸데없는 고집이나 부리는 거야."

"내가 언제?"

넥타이 매듭이 잘 안 되었기 때문에 문재인이 다시 풀었다. 그때 김정숙이 문재인의 몸을 돌리더니 넥타이 매듭을 맺기 시작했다. 진하늘색, 김정숙이 사 온 넥타이다.

"걔들이 점령군처럼 설치는데, 휘둘리지 마. 알았어?"

"아, 글쎄, 어떤 놈이."

"당신 주변에 깔려 있어."

"말을 해 보라고."

김정숙도 매듭을 잘 맺지 못했기 때문에 문재인이 손을 밀어내었다. 그때 김정숙이 물었다.

"오늘이 며칠이지?"

"6월 15일."

"한 달 지났네."

대통령이 된 지 한 달이라는 말이다. 넥타이를 다 맨 문재인이 몸을 돌렸을 때 김정숙이 등에 대고 말했다.

"이제 곧 석 달이 되고."

"뭐가?"

건성으로 물은 문재인의 등에 대고 김정숙이 말했다.

"박근혜 말야."

"박근혜가 왜?"

"구속된 지 석 달이 돼, 지난 3월 31일 구속되었으니까."

"…"

"내가 알아보니까 국정농단 사건에다 새누리당 공천 개입 사건이라면서?"

"그게 왜?"

다시 몸을 돌린 문재인을 향해 김정숙이 정색했다.

"그래도 전직 대통령이야, 그 여자."

"…"

"당신은 현직 대통령이고."

"그래서?"

"대통령이 대통령 심정을 아는 거야. 저것들은 당신 입장이 될 수가 없어."

"…"

"당신 위세를 빌려서 막 해대는데 나중에 뒤집어쓰는 건 당신이야."

"…"

"박근혜를 봐, 주변에 누가 남았나."

"내가 그 여자하고 같은가?"

"하긴 내가 있는 게 다르지."

"그래서 어쩌란 말야?"

"사면시켜."

김정숙이 앞으로 바짝 다가섰다. 두 눈이 번들거리고 있다.

"석 달이면 됐어. 풀어주고 끌어안아."

몸을 돌린 문재인의 등에 대고 다시 김정숙이 덧붙였다.

"진짜로 안지는 말고."

만만한 게 민정수석 조국이다. 집무실로 불려 들어온 조국은 긴장하고 있다. 오전 9시 반, 집무실에는 둘뿐이다. 문재인이 앞쪽에 앉은 조국을 지그시 보았다.

"어때?"

"예?"

되물은 조국의 눈동자가 흔들렸다. 잘생긴 얼굴, 문재인이 보기에는 조국의 박학다식, SNS에 내갈기는 속이 후련한 명문(名文), 그리고 등을 긁어주는 것 같은 정치적 입장과 조언이 한신이나 제갈공명 같다. 그리고 겸손함에다 이 눈빛을 보면 충성심이 드러난다. 그때 문재인이 물었다.

"당신이 보기에 내가 휘둘리는 것 같나?"

"예?"

당황한 조국의 얼굴까지 상기되었다.

"뭐가 말씀입니까?"

"내가 말야."

문재인이 엄지를 구부려 제 얼굴을 가리켰다.

"내가 마누라한테."

"아닙니다."

몸까지 뒤로 젖히면서 조국이 말했다.

"그렇지 않습니다, 대통령님."

"그런 소문이 안 났어?"

"예, 처음 듣는 말입니다."

"그렇다면 됐고."

어깨를 부풀렸다가 내린 문재인이 조국을 보았다.

"박근혜 말인데."

"예, 대통령님."

"이번 6·25 기념일에 사면하도록 하지."

"예?"

놀란 조국의 목소리가 다른 사람 같다.

"사면이라고 하셨습니까?"

"응, 6·25 특별사면."

"6·25에 특별사면을…."

"그래, 그것을 당신이 나한테 건의한 것으로 하자고."

"제, 제가 말씀입니까?"

"그것이 낫겠지?"

숨만 몰아쉬는 조국을 향해 문재인이 정색하고 말을 잇는다.

"적폐청산이니 뭐니 하고 떠들어대는 사람들이 있는 모양인데 우선 이것으로 내 의지를 보여주기로 하지."

문재인이 어깨를 부풀리고는 조국을 보았다.

"당신이 내 앞장을 서줘."

그날 밤, 삼청동의 '우리식당' 안쪽 밀실에 7명의 VIP가 둘러앉아 있다. 식당에서 VIP 취급을 하니까 VIP지. 직사각형 테이블에 셋씩 넷씩, 마주 보고 앉은 면면이 과연 거물이다. 조국, 문희상, 김두관, 김경수, 민병두, 신경민, 설훈이다. 조국이 국회 중진의원 여섯을 '모신' 것이다. 본인은 모시겠다고 초청했지만 어디, 그들이야 대접받으러 온 건가? 청와대의 실세, 대통령의 복심인 민정수석이 모시겠다고 하니까 온 것이지. 모두 색깔은 제각각이지만 한 가닥씩 하는 인물들이다. 인사가 끝나고 불고기에 소주가 두어 잔씩 돌아갔을 때 조국이 입을 열었다.

"물론 반대하는 분들도 계시겠지만 여러분이 나서서 건의해주셨으면 해서요."

"뭐 말입니까?"

일동의 좌장 격인 문희상이 묻자 조국이 자리를 고쳐 앉았다. 모두 술 잔을 내려놓고 주목하고 있다.

"박근혜 전 대통령의 사면 문제 말입니다. 구속된 지 석 달 되었는데 이번에 6·25 대통령 특사로 석방되도록 여러분이 건의해주시라는 말씀입니다."

방 안에는 순식간에 숨소리도 들리지 않았고 무거운 정적에 덮였다. 제각기 머릿속에 오만 가지 상념이 휘몰아치고 있을 것이다. 그러나 단한 가지 공통된 선입견이 있다. 조국, 저놈 혼자의 발상이 아닐 것이라는 생각, 배후가 누군가?

그때 조국이 가볍게 헛기침을 했다.

"대통령님의 의지입니다."

그러고는 덧붙였다.

"저더러 건의 올리라고 하셨습니다만 저는 여러분한테서 올라오는 것이 순서라는 생각이 들어서요."

이렇게 덕(德)을 쌓아간다.

10일 후인 6·25, 문재인이 동작동 국립묘지에서 참배를 마치고 돌아온 후다.

청와대 박수현 대변인이 춘추관으로 나왔을 때는 오후 2시, 간단한 브리핑이라는 말을 듣고 기자들이 모였을 때 박수현이 마이크에 대고 말했다.

"대통령께서는 전임 박근혜 대통령을 오늘 자로 특별사면을 결정하셨습니다. 따라서 박근혜 전 대통령은 오늘 오후 5시에 석방, 귀가하시게 됩니다."

그 순간 기자들이 '뻥'했다가 곧 몇 명이 소리치며 질문을 던졌다. 그러나 대부분은 핸드폰을 쥐고 뛰어나갔다. 회사에 연락부터 해야지.

"음, 박 대통령 석방?"

탄핵파와 비탄핵파로 나뉘어 사분오열되었다가 대선에서 당연히 대패한 한나라당의 후신, 자한당, 국민의당, 바른정당 의원들, 그들이 가장 놀랐을 것이다.

"석방이야? 석 달 만에?"

만감이 교차하는 의원도 있고 도둑이 제 발 저리듯 괜히 뒤통수가 서늘해진 의원도 있다. 그 석방 보도를 들은 안철수가 가장 먼저 소감을 내놓았다. 물론 방송국에서 인터뷰를 했지, MBC다.

"문 대통령의 결단을 존경합니다. 잘하셨습니다."

안철수는 정직하다. 그래서 언론이 이럴 때 이용을 하지, 국민들이 아니까.

그러나 언론은 한나라당 후신 의원들에게는 인터뷰 요청을 하지 않았다. 그래서 몸이 단 의원들이 유튜브에 대고 중구난방 떠들었지만 사또 떠나고 나팔 부는 셈이지, 사또 뒤에 나팔.

최순실? 최순실 여사는 그다음 날인 6월 26일, 조용히 보석으로 석방되었다. 최순실 여사는 당차다. 석방된 날 밤 10시 청와대에 전화를 걸었다. 청와대 시스템을 아주 잘 아는 터라 아직도 목소리를 기억하는 행정실 당직을 거쳐 전화가 국정상황실장 윤건영에게 연결되었다. 보통 사람은 불가능한 일이다. 윤건영과의 통화.

"예, 윤건영입니다."

"예, 저 최순실입니다."

최순실이 말을 이었다.

"대통령님께 고맙다는 말씀을 전해주세요."

"예, 전해드리겠습니다."

"늦은 시간에 죄송해요, 하지만 바로 인사를 드리고 싶어서요."

"알겠습니다."

"잘 되시기를 바라겠습니다."

그러고는 통화가 끝났는데, 다음 날 오전 11시쯤 최순실이 집에 누워 있다가 전화를 받았다. 청와대 윤건영 실장이다.

"최 여사님, 대통령님께서 통화하신다고 합니다."

그때 최순실이 벌떡 일어섰다.

"최 여사님, 문재인입니다."

문재인이 부드럽게 말했을 때 최순실은 바로 대답하지 못했다. 목이 메었기 때문이다. 그때 문재인이 말을 이었다.

"고생하셨습니다. 몸은 괜찮으신가요?"

"예, 덕분에…."

"몸 관리 잘 하시고 그동안 서운한 감정 있으시면 천천히 삭이시지요."

"예, 대통령님."

"그리고 박 대통령님 자주 만나셔서 위로해주시기 바랍니다."

그때는 최순실이 목이 메어 대답하지 못했다. 문재인의 말이 이어졌다.

"다 지나가는 바람입니다, 최 여사님."

"감사합니다, 대통령님."

최순실이 겨우 말했다. 다 풀렸다. 다 지나가는 바람이다.

적폐

"좀 이상해지신 것 같지 않아?"

비서실장 임종석이 묻자 국정상황실장 윤건영이 고개를 기울였다.

"글쎄요."

청와대 본관의 복도에서 둘이 마주 보고 서 있다. 2017년 7월 오후 3시쯤, 임종석이 한 걸음 다가가 섰다. 붉은색 양탄자가 깔린 복도에는 그들 둘뿐이다.

대통령을 매일 만나는 둘이다, 실세지. 임종석이 말을 이었다.

"박근혜 내보내고 나서 야당이 난리야. 탄핵파가 당황해서 저희들끼리 내부 총질을 하고 지랄들이야."

"대통령님 지지율이 90퍼센트가 되었어요. 저러다 야당 망합니다."

"망해야지. 저희들 보스를 교도소에 집어넣는 배신자들은 망해야 해."

"역적이죠."

"그런데 우리 대통령님, 별일 없는 거야?"

"아, 글쎄 뭣 때문에 그러십니까?"

"적폐청산 작업이 보류되고 있잖아?"

"하시겠지요."

"무슨 말씀 못 들었어?"

"아, 실장님한테 말씀 안 하셨는데 저한테 하실 리가 있습니까?"

"또 조 수석한테 말씀하실 건가?"

"박근혜를 특사로 석방시키면서 분위기가 팍 식어 버린 것은 분명합니다."

윤건영이 어깨를 치켜올렸다가 내렸다.

"하지만 지지율이 천장까지 올라간 상황 아닙니까? 보수층에서도 다 돌아섰습니다. 이런 시기에…"

임종석이 입맛을 다셨다. 도대체 누구란 말인가? 영부인인가? 대통령이 혼자서 이런 일을 저지를 양반은 아닌데, 귀신에 씌었나?

문재인이 조현옥을 불렀을 때는 오후 4시 반쯤이다. 요즘은 자주 있는 일이어서 조현옥은 인사 서류를 챙겨 들고 대통령 집무실로 들어섰다. 인사수석과 대통령의 독대다. 조현옥은 1956년생이라 청와대 수석급 중 가장 연장자다. 독일 하이델베르크대 박사, 노무현 정권 때 인사수석실 균형인사비서관으로 근무한 경력도 있어서 다른 초짜 수석과는 급이 다르다. 둘이 마주 보고 앉았을 때 문재인이 입을 열었다.

"조 수석, 내가 대통령 되는 데 도움을 받은 사람이 많아."

조현옥은 시선만 주었고 문재인이 길게 숨을 뱉었다.

"솔직히 내 능력만으로는 대통령 되는 게 힘들었지."

"다 그런 거 아녜요?"

옛날 노무현 시절에도 같이 청와대 근무를 한 인연도 있는 터라 조현옥이 위로하듯 말했다.

"혼자 힘으로 대통령 된 분이 어딨어요?"

"그런데 말야."

"네, 대통령님."

"내가 조 수석한테 부탁할 일이 있어."

"네, 말씀하세요, 대통령님."

"앞으로 운동권, 참여연대 출신의 인사 서류는 일단 접수만 해놓고 보류시켜."

"네, 대통령님."

"정부기관 인사도 마찬가지야."

"알겠습니다, 대통령님."

"정권 바뀌었다고 전리품 나누는 것처럼 다 덤벼들면 안 돼."

"네, 대통령님."

조현옥이 길게 숨을 뱉었다. 말은 안 했지만 그동안 마음고생을 많이 해 온 것이다.

그때 문재인이 말을 이었다.

"지금 청와대 안에서도 적폐청산하자는 말이 있는데 적폐가 유행이 되었더군."

"…"

"화무십일홍이요, 권불오년이야. 5년이면 옷 벗고 나가야 돼. 박근혜 씨는 4년도 못 살고 교도소에 갔다가 나왔지만."

"…"

"5년마다 적폐청산하면 살아남는 사람이 없을 거야."

"잘 알겠습니다."

조현옥이 부드러운 시선으로 문재인을 보았다.

"저기, 곧 대법원장 임명을 하셔야 되겠는데요, 김명수 씨 말입니다."

고개를 든 문재인의 얼굴에 쓴 웃음이 번졌다. 적폐청산의 주역이 바로 대법원장이다. 법원을 장악해야 적폐청산의 목적을 달성한다. 조현옥의 시선을 받은 문재인이 입을 열었다.

"그냥 그 사람 춘천지법원장으로 있으라고 하지."

"예, 대통령님."

"지금까지 착실하게 잘 지내온 사람을 갑자기 벼락출세시키면 본인은 물론이고 주위 사람들까지 불행해질 수 있어."

"예, 대통령님. 보류시키겠습니다."

"글쎄 권불오년이라니까."

그러자 조현옥이 분위기를 부드럽히려는 듯 끝말을 이었다.

"대법원장은 권불육년입니다, 대통령님."

춘천지법원장 김명수는 모처에서 이미 대법원장으로 내정되었다는 비밀연락을 받은 후였다. 그래서 두 번이나 고사했다가 마지못해 승낙을 한 상황이다. 오늘도 김명수는 후배이며 고법판사인 이성호에게 부탁을 하는 참이다. 오후 1시, 인사동의 한식당 '유정'.

"이봐, 내가 부탁할 일이 있는데."

"말씀하시지요."

3년 후배인 이성호는 지금은 야당이 된 구한나라당 의원들과 안면이 많다. 김명수가 말을 이었다.

"야당 의원들의 지원을 받을 일이 있어서 그래."

"아니, 선배님이 무슨…."

"내가 대법원장으로 지명될 것 같네."

그때 숨을 들이켠 이성호가 김명수를 보았다.

"정말입니까?"

"이 사람아, 내가 농담하겠나?"

"아이구, 이건 파격인데요."

"글쎄, 이건 비밀로 하고, 부탁하네."

"아, 예, 알겠습니다."

고개를 끄덕인 이성호가 김명수를 보았다. 얼굴이 상기되어 있다.

그날 밤, 김명수가 관사에서 전화를 받는다. 오후 10시다.

"예, 김명수인데요."

1시간 전에 청와대에서 전화가 온다고 미리 연락이 왔기 때문에 김명수는 손까지 씻고 기다리던 중이다. 수화구에서 여자 목소리가 울렸다.

"예, 저 인사수석 조현옥입니다. 안녕하세요, 법원장님."

"아이구, 조 수석님, 안녕하십니까?"

반색한 김명수가 말을 이었다.

"늦은 시간에 죄송해요."

"아닙니다. 언제든지 괜찮습니다."

"말씀드릴 것이 있어서요."

"예, 말씀하시지요."

"이번 대법원장 임명은 보류되셨습니다. 그걸 알려 드리려고요."

"…."

"미리 연락을 드린 분이 아마 착오가 있었던 것 같습니다. 승인이 안 난 상태인데 그렇게 되었습니다."

"…."

"듣고 계시지요?"

"아, 예!"

"그럼 전화 끊겠습니다. 안녕히 계세요."

그러고는 저쪽에서 먼저 통화가 끊겼기 때문에 김명수는 전화기를 내려놓았다. 그때 저절로 한숨이 뱉어졌다. 그 순간 가슴이 편안해졌다. 이런 느낌, 오랜만이다.

이재용

양정철의 전화가 왔을 때는 오후 1시 반이었다. 이미 연락을 받고 기다리던 이재용이 핸드폰을 귀에 붙였다.

"예, 이재용입니다."

"안녕하십니까, 부회장님. 저, 양정철 실장입니다."

양정철이 차분하게 말했고 이재용도 인사를 했다.

"반갑습니다, 실장님. 별일 없으시지요?"

"예, 제가 오늘 대통령님 말씀을 전해 드리려고요."

"아, 예. 말씀하시지요."

이재용의 목소리에 긴장감이 느껴졌다.

그때 양정철이 말했다.

"오늘 오후 7시쯤 청와대에서 저녁 식사를 하시지요. 참석자는 회장님과 SK 최 회장, 한화 김 회장, 현대 정 회장까지 기업 측은 네 분이 되겠습니다. LG는 해외 출장 중이셔서요."

"아, 예."

"시간 되시겠습니까?"

"그럼요, 가겠습니다."

"그럼 6시 반까지 청와대에 오시면 되겠습니다. 기다리지요."

통화가 끝났을 때 이재용이 심호흡을 했다. 문재인 정권 4개월째, 박근혜가 석방된 지 3달, 이재용은 요즘 재판이 2건이나 계류되어 있다. 박근혜와 연루된 사건도 아직 끝나지 않았다.

7시, 청와대 본관 귀빈용 식당 안, 참석자는 6명, 문재인, 양정철, 이재용, 정몽구, 김승연, 최태원이다. 인사를 마치고 원탁에 둘러앉았을 때 간단한 음료수가 먼저 나왔다. 그때 문재인이 물 잔을 들고 말했다.

"대기업 오너들을 불러서 애로사항 듣는다는 것은 핑계고요. 지금까지 과시용, 전시용 모임이 많았던 것 같습니다."

문재인의 얼굴에 웃음이 떠올랐다.

"그래서 이번 기회에 제 결심을 말씀드립니다."

오너들이 긴장했고 이재용은 소리 죽여 심호흡을 했다. 그때 문재인이 말을 이었다.

"이것저것 논쟁하고 법으로 얽매어서 기업활동에 제약을 주지 않겠습니다. 기업 하는 것이 죄를 지은 것처럼 되는 세상을 만들지 않겠습니다. 여러분이 국가에 기여한다는 자부심을 갖도록 내가 그 분위기를 만들겠습니다. 그러니까 앞으로는 마음 놓고 기업에만 몰두하셔도 됩니다. 그것이 제 약속입니다."

그러고는 문재인이 이재용을 보았다.

"제가 대통령의 특권으로 이 회장님을 사면해 드리지요."

"아!"

말문이 막힌 이재용이 입만 벌렸다가 닫았다. 다른 회장들의 얼굴도 상기되어 있다. 특히 나이 든 정몽구의 두 눈은 번들거리고 있다. 그때 음식상이 들어왔다.

식사가 거의 끝날 무렵에 이재용이 겨우 틈을 내어 문재인에게 말했다. 틈을 못 냈기보다 어색해서 주춤거린 것이지.

"대통령님, 감사합니다. 열심히 일하겠습니다."

"그러셔야죠."

문재인이 반색을 하고 말을 받았다.

"모범 답입니다. 기업가는 열심히 일하셔서 실적 올리는 것이 국가에 보답하는 것이지요."

그러고는 다른 회장들을 향해 이를 드러내며 웃었다.

"저도 모범 답을 말했나요?"

"그렇습니다, 대통령님."

정몽구가 대표해서 대답했다.

"열심히 일해서 나라에 보답하겠습니다."

옆쪽에 앉아 있던 양정철이 다시 한 번 이 양반이 달라졌다는 것을 실감했다. 아니, 이 양반뿐만이 아니지. 사모님도, 사모님이 변한 것이 더 놀랍단 말이야.

회장단을 식당 현관에서 배웅했을 때는 9시 40분이다. 만족한 회장단이 떠났고 현관에는 문재인과 양정철 둘이 남았다. 그때 문재인이 양정철에게 말했다.

"대통령 특별사면이라고 공표를 해."

"예, 대통령님."

"대기업 오너들 있는 데서 그렇게 이 회장한테 직접 통보를 했다고."

"예, 알겠습니다."

"그래야 돈 먹었다는 소문이 안 나지."

"그럴 리가 있습니까?"

"요즘은 조중동이 얼떨떨한 모양이더라. 나를 깔까 말까 주저하고 있어, 빙신들."

"깔 것이 있어야죠."

"내가 좀 변했지?"

"많이 변하셨습니다, 대통령님."

"내가 몸이 조금 마른 것하고 와이프가 가끔 설사를 하는 것 빼고는 정상이야, 모든 것이.”

어깨를 부풀렸다가 내린 문재인이 발을 떼면서 말했다.

“언제 시간 내어서 자네하고 둘이 민생시찰이나 나가자, 마스크 쓰고.”

“예, 대통령님.”

어느덧 가을이다. 정원을 스치고 온 밤바람에 땅 냄새가 났다. 가을 냄새다.

이런 일은 오히려 부담으로 남는다. 지금까지 회사를 경영하면서 익숙해진 철칙, 주고받는다는 것, 순전한 호의는 존재하지 않는다는 것, 세상만사는 대가가 꼭 따른다는 것을 배워온 이재용이다. 현실은 엄혹하다. 그리고 문재인 정권은 ‘노조’의 지원을 받고 설립된 ‘좌파 정권’ 아닌가? 그것은 자타가 공인한 현실이다. 이재용은 그날 밤 자택에 들어가 혼자 궁리했다. 밤이 깊도록 오전 2시가 될 때까지 서재에 앉아 생각에 잠겼다가 마침내 ‘탈피’하기로 결심했다. 좋다, 문재인이 저렇게 나왔으니 나도 지금까지의 내 스타일을 벗어나자.

다음 날 오전 9시, 삼성그룹 기조실장 윤병선이 청와대 정책실장 양정철과 통화를 한다.

“실장님, 저희 부회장님이 대통령님을 뵙고 싶다는데요. 어제 과분한 특전을 받고 나서 제대로 된 입장을 말씀드리지 못했다고 하십니다. 그래서."

"알겠습니다, 대통령님께 말씀드리지요."

선선히 응낙한 양정철이 1시간쯤 지났을 때 연락을 해왔다.

"대통령님께서 오늘 저녁 7시에 청와대에서 뵙겠답니다."

연일 만나는군. 뭐, 이쯤은 자연스럽게 봐야 정상 국가지, 색안경을 쓰고 보는 인간이 이상한 인간이지.

그날 오후 7시에 이재용과 문재인은 집무실에서 마주 보고 앉았다. 저녁 시간인데도 문재인이 이곳으로 부른 것이다. 문재인도 양정철을 참석시켰고 이재용은 윤병선과 동행이다. 인사를 마친 후에 이재용이 먼저 입을 열었다.

"전 제 조부와 부친이 세워 놓은 삼성을 더 키워서 국가에 기여하는 것만이 제 삶의 목표입니다."

이재용이 이렇게 긴말을 원고도 없이 하는 건 양정철도 물론이고 기조실장 윤병선도 처음이다. 그래서 숨도 죽이고 있다. 그때 이재용이 말을 이었다.

"이제 제가 힘껏 일할 수 있는 여건을 만들어주셨는데 제가 국가에 기여할 수 있는 방법을 말씀해주시면 따르지요."

그러자 문재인이 빙그레 웃었다.

"한 가지 있는데 그건 간단해요."

이재용이 숨을 들이켰을 때 문재인의 말이 이어졌다.

"젊은이들이, 기업인들이 삼성을 자랑스럽게 여기면 되는 겁니다."

"…."

"그럼 된 겁니다. 난 대통령으로서 그렇게 되도록 뒷받침을 해 드리는 것이고."

"…."

"일단은 내가 먼저 기반을 조성해 드리는 것이니까요."

그때 이재용이 심호흡을 했다.

"감사합니다."

어제도 그렇게 인사를 했지만 오늘은 목소리가 더 밝고 울림이 있다. 이제 문재인의 심중을 읽은 것이다.

돌아오는 차 안에서 이재용이 옆에 앉은 윤병선에게 불쑥 말했다.

"선대(先代)가 대통령을 여럿 겪으셨지만 내가 가장 운이 좋은 것 같아."

윤병선은 숨만 쉬었고 이재용이 갑자기 입맛을 다셨다.

"배가 고픈데."

9시가 다 되었는데 청와대에서 밥도 안 줬다.

한중 정상 회담

"3박 4일이며 13일에 출발하시고 14일 오후에 시 주석을 만나게 되십니다."

홍보수석 윤영찬이 보고했다. 12월 10일, 한중 정상 회담 3일 전, 문재인이 고개를 들고 옆쪽에 선 조국을 보았다.

"시 주석하고 독대하는 시간은 없나?"

"통역하고 같이 만나게 되실 겁니다."

조국이 말을 이었다.

"리커창이 동석을 할지도 모르겠습니다, 대통령님."

문재인이 고개를 끄덕였다. 첫 해외 국빈 방문이다. 강대국으로 부상한 중국은 지금 한국과 사드 문제로 심각한 분위기다. 이미 롯데그룹은 중국의 압력으로 사업장을 중국에서 철수한 상태다. 중국에서 재채기를 하면 한국은 태풍이 일어나는 상황, '한류'도 중국이 손짓 한 번으로 딱 막히는 세상이 된 것이다. 따라서 중국인에 대한 한국인의 감정은 차츰 달라졌다. 김치, 한복도 원류가 중국이라는 주장이 나왔고 고구려가 중국의 지방 정부였다는 동북공정은 이미 기정사실이 된 상황, 문재인이 심호흡을 했다.

"대통령 노릇 하기가 참 힘들어."

그래, 혼밥 먹었다. 베이징 시내 식당에서 노영민 대사 부부하고 같이, 문재인은 김정숙과 함께 만두와 국수를 먹은 것이다. 말 많은 놈들이 떠들었지만 문재인은 맛있게 먹었다. 분위기도 좋았고 여행 온 기분도 났다. 특히 옆에서 먹던 김정숙이 행복해했기 때문에 가슴이 벅차기까지 했다. 나중에 한국에 갔더니 '혼밥 먹는 것이 안쓰러웠다' '시진핑도 못 만나고 시장 거리 식당에서 혼밥을 먹었다' '국격의 추락' 등 험담을 늘어놓더군. 더러운 보수 언론 놈들.

12월 14일 오후, 시진핑과 문재인은 정상 회담을 시작한다.

"피곤하시지요?"

시진핑이 통역을 통해 물었을 때는 공식 환영식을 마치고 확대 정상 회담이 끝나갈 무렵이다. 정상 회담은 순조롭게 진행되어서 곧 양해각서를 교환할 차례, 다음에 서명식만 하면 끝난다. 그리고 나서 만찬이 있다.

"아닙니다, 괜찮습니다."

대답한 문재인이 주위를 둘러보았다. 양측 대표단은 10여 명씩 20여 명이 둘러앉아 있다. 그때 문재인이 말했다.

"주석님과 잠깐만 독대를 하고 싶습니다만, 괜찮겠습니까?"

통역이 말하는 동안 회담장이 순식간에 조용해졌다. 시진핑의 얼굴도 굳어 있다. 그때 모두의 시선이 시진핑에게 옮겨졌다. 문재인이 시진핑에게 물은 것이다. 누군가 끼어들 상황이 아니다. 5초쯤 지났을까? 시진핑이 입을 떼었다.

"좋습니다. 가십시다."

옆쪽 방이 급하게 비워졌고 통역을 포함한 여섯 명이 자리 잡고 앉았다. 시진핑과 문재인, 양측의 통역 둘, 거기에다 둘이 추가되었다. 리커창과 한국의 기재부장관 김동연이다. 시진핑이 한 명씩을 추가하자고 한 것이다. 셋씩 마주 보고 앉았을 때다. 이번에는 먼저 문재인이 입을 떼었다.

"주석 각하, 양해각서에 서명을 하겠지만 제가 비공식으로 말씀드립니다."

통역이 한마디씩 말을 이었다.

"한국의 사드 배치는 당연합니다. 중국을 겨냥한 것이 아니라는 것을 주석 각하도 알고 계실 것입니다."

시진핑도 지그시 시선만 주었고 문재인이 심호흡을 했다.

"한미동맹은 자위용으로 60여 년간 이어져 왔죠. 따라서 한미 간의 군사훈련은 중국의 간섭을 받지 않을 것입니다."

이번에는 문재인이 어깨를 폈다.

"이에 대해서 중국의 경제 제재, 한국인에 대한 불이익이 있을 경우에는 그 몇 배의 보복을 할 것입니다."

통역은 한국에서 데려간 김용수다. 아까부터 김용수의 목소리가 떨렸고 얼굴에 땀방울이 맺혀 있다. 옆에 앉은 김동연은 석상처럼 굳어서 숨도 쉬지 않았고 그 앞쪽의 리커창은 얼굴이 붉어졌다가 하얗게 변했다. 그러나 시진핑은 처음과 똑같이 무표정한 얼굴이다.

그때 문재인이 말을 맺는다.

"그 말씀을 드리려고 했습니다. 이건 비공식이지만 한국 대통령이 중국 국가 주석께 드리는 각오입니다."

통역이 말을 마쳤을 때다. 시진핑이 천천히 고개를 끄덕였다.

"잘 알겠습니다."

그러더니 덧붙였다.

"훌륭하십니다."

시진핑의 표정은 변함이 없다.

옆쪽 방에서 나온 시진핑과 문재인은 웃음 띤 얼굴이다. 그래서 사람들은 뒤를 따라 나온 리커창, 김동연의 얼굴은 쳐다보지도 않았다. 곧 서명식이 진행되었고 정상 회담은 화기애애한 분위기에서 공식일정을 마쳤다.

그날 밤 베이징 영빈관에서 자던 문재인은 김정숙이 흔드는 바람에 잠에서 깨어났다. 눈을 뜬 문재인에게 김정숙이 위에서 내려다 보면서 물었다.

"여보, 왜 그래?"

"뭘?"

문재인이 비몽사몽간에 묻자 김정숙이 수건으로 이마의 땀을 눌러 닦아 주었다.

"잠꼬대를 했어."

"뭐라고?"

"내가 공수부대 출신이야! 하고 소리쳤어, 그래서 내가 깜짝 놀랐다니까."

"젠장."

"꿈꿨어?"

"뭐, 그냥."

몸을 돌린 문재인이 길게 숨을 뱉었다.

그랬다. 꿈을 꿨다. 꿈에서 문재인은 시진핑과 멱살잡이를 하고 싸웠던 것이다. 그래서 힘에 밀렸을 때 소리쳤다.

"야, 내가 공수부대 출신이야!"

그때 문재인의 등에 대고 김정숙이 말했다.

"당신 피곤한 것 같아. 얼른 서울로 돌아가자."

한중 정상 회담이 끝난 이틀 후, 베이징 당중앙위원회가 중앙당사 회의실에서 열렸다. 오전 10시, 오늘 회의 주석은 당 서열 2위인 총리 리커창, 좌우 테이블에 10여 명씩 20여 명의 고위층 당 간부, 각료들이 앉아 있다. 회의가 시작된 지 30분쯤이 지났을 때다. 경제 담당 비서인 왕춘이 입을 열었다.

"아신그룹의 영업장을 폐쇄시켜야겠지요? 이번 중한 정상 회담에서 '아신' 문제는 거론도 되지 않았지 않습니까?"

당연하다는 말투였고 둘러앉은 고위층들도 '그러려니' 하는 표정들이다. '아신그룹'은 한국의 대기업으로 사드 배치에 대한 중국의 경제 보복을 받는 중이다. 중국 정부는 아예 노골적으로 '사드 배치에 대한 보복 조치'라는 이유를 내걸고 중국에 소재한 한국 사업장을 폐쇄해 온 것이다. 그때 리커창이 왕춘을 보았다.

"이봐, 동무, 어지간히 하라고."

"예?"

"어지간히 하란 말이야."

그때 모두의 시선이 모였다. 얼빠진 표정이 된 왕춘이 입만 벌렸을 때 리커창의 목소리가 높아졌다.

"도무지 도움이 되어야지, 이 사람들이. 좀 멀리, 넓게 세상을 봐야 할 것 아닌가? 내가 이런 사람들하고 같이 앉아 있다니!"

이것이 중국식 고위층의 질타다. 승낙도 거부도 아닌 상태로 '애매하게 꾸짖는 것', 이 분위기를 눈치채지 못하면 시골로 돼지 치러 내려가야 한다.

그래서 아신그룹은 무사했다.

그 시간의 한국, 서울 정부청사에서 이낙연 총리 주재로 장관 회의가 열리고 있다. 그때 국방부 장관 송영무가 고개를 들고 이낙연을 보았다.

"저기, 성주 말씀입니다."

이낙연의 시선을 받은 송영무가 말을 이었다.

"사드 기지에 기자재를 반입하려는데 시위대에 막혔습니다. 그래서 보류시켜야겠는데요."

"아, 그래요?"

이낙연이 시큰둥한 표정으로 듣고 넘겼을 때다.

"잠깐만."

부총리 겸 기획재정부장관 김동연이 외쳤다. 이번에 송영무하고 같이 한중 정상 회담에 다녀왔다. 그때 모든 시선이 모였고 김동연이 송영무에게 말했다.

"장관님, 전쟁하다가 시위대가 밀려오면 다 물러갑니까?"

"예?"

"사드 때문에 중국에 있는 한국 기업은 폐쇄당해서 망하는데 우리도 시위대 때문에 실실 도망갑니까?"

"아니 그게…."

송영무도 공군 대장 출신이다. 얼굴이 붉어졌던 송영무의 머릿속에 '팬텀기'처럼 스쳐 지나간 생각, 김동연이 대통령과 함께 시진핑과의 밀담에 참가했다. 그때 김동연의 목소리가 울렸다.

"대통령님의 의지에 어긋납니다."

송영무는 숨을 죽였다. 이것이 한국식이다. 이렇게 직설적이어야 좀 알아듣는다. 멍청한 것이 아니라 철학적 사고가 부족한 때문이 아닐까? 모택동이 닉슨 대통령과 만났을 때 그랬다. 물론 그때는 몸이 좋지 않았지만 닉슨이 한반도 문제를 물었을 때 '우리, 철학적 이야기를 합시다'라고. 중국 지도자들이 모택동, 등소평한테서 더 배워야 되는데, 원.

최저임금

2018년 1월 19일, 청와대 회의실, 문재인이 들어서자 기다리고 있던 사람들이 자리에서 일어섰다. 원탁에 둘러선 사람들의 면면을 보면 고용노동부 장관 김영주, 노사정 위원장 문성현, 정무수석 전병헌, 사회수석 김수현, 그리고 민노총 위원장 김명환과 한노총 위원장 김주영이다. 오늘은 문재인이 양대 노조 위원장을 불러 간담회 형식으로 자리를 갖는 것이다. 김명환과 김주영은 떨떠름한 표정이다. 둘은 따로 대통령과 만나기를 바랐지만 들어주지 않았다. 제각기의 요구사항이 달랐기 때문이다. 인사를 마치고 자리에 앉았을 때 분위기가 부드러워졌다. 서로 덕담을 주고받았고 요즘 문재인의 인기가 천정부지로 솟고 있는 상태가 화재에 올랐다. 그때 문재인이 입을 열었다.

"내가 말주변이 없으니까 그냥 거두절미하고 말씀드리지요."

회의실이 조용해졌다. 그렇다. 문재인은 말주변이 없다기보다 길게 이야기하는 성품이 아니다. 그것을 측근만 안다. 문재인이 김명환과 김주영을 번갈아 보았다.

"두 분이 솔선해서 도와주십시오."

"무슨 말씀입니까?"

김명환이 물었다. 양대 노조의 요구사항은 이미 세상 사람들이 다 안다.

최저임금 인상과 주 52시간 근무다. 사측이 질색하지만 대통령이 노조 측 입장에 기울어져 있다는 것은 알려진 사실, 그때 문재인이 말했다.

"최저임금 인상 못 합니다. 현행대로 유지하겠습니다."

김명환과 김주영이 숨만 쉬었고 문재인의 목소리가 방을 울렸다.

"잘 아시다시피 그 소득주도성장이라고 불린 새로운 경제정책도 입안 과정에서 폐기시켰지 않습니까? 우선 경제는 현 상태를 유지하면서 점진적으로 개선해 나가겠습니다. 그리고."

어깨를 부풀렸다가 내린 문재인이 다시 둘을 번갈아 보았다.

"주 52시간 근무도 아직 어렵습니다. 내가 사측 입장만 반영한다고 생각하지 마세요."

그러고는 문재인이 고개를 돌려 김영주와 문성현, 전병헌과 김수현을 보았다.

"당신들이 잘 설명해 드리세요."

문재인이 자리에서 일어섰지만 김명환과 김주영은 따라 일어서지 않았다.

"노조원들이 가만있지 않을 겁니다."

문재인이 방을 나갔을 때 김명환이 어깨를 부풀리며 말했다.

"우리는 서울 시내가 시위대로 덮여서 대통령님께 누를 끼치는 것을 원하지 않습니다."

"아이구, 왜 이러십니까?"

전병헌이 웃음 띤 얼굴로 말렸다.

"좀 도와주십시오. 대통령님이 오죽하면 저러시겠습니까?"

"아니, 최저임금을 그대로 두고 주 68시간도 그대로 두잔 말입니까?"

김명환이 목소리를 높였을 때다. 김수현이 말을 받았다.

"국민은 대통령님을 지지할 겁니다."

그때 방 안이 조용해졌다. 모두 할 말을 잃은 것이다. 맞는 말이지, 지금 분위기를 보면 문재인이 주 168시간 근무를 요청해도 반발하지 않을 것 같다.

"청와대로 불러놓고 뒤통수를 쳤어."

돌아오는 차 안에서 김명환이 분이 덜 풀린 얼굴로 말했다. 김명환과 김주영은 뒷좌석에 나란히 앉아 있다. 각각 딴 차를 타고 왔지만 김명환이 김주영의 차를 탄 것이다.

"이거 우리 간부들이 난리가 나겠어. 강경파들이 들고일어나겠는데?"

"우리도 마찬가지요."

김주영이 거들었다.

"문재인 정권 처음으로 노조 시위가 일어나겠어."

"어떻게 할 거요?"

김명환이 정색을 하고 물었다.

"이렇게 당하고 끝낼 거요?"

"글쎄."

숨을 들이켠 김주영의 눈동자가 흔들렸다. 그러더니 입을 열었다.

"좀 기다려 봅시다."

대세를 거스르기가 불안하다. 그때 김명환이 목소리를 낮췄다.

"미친 건 아닌 것 같은데."

숨을 들이켠 김주영이 힐끗 운전사의 뒤통수를 보더니 목소리를 낮췄다.

"글쎄, 소문에 성격이 완전히 변했다는 거야. 시진핑한테도 웃통 벗고 한판 뜨자고 했다는 거야."

"아, 나도 들었지만 멱살을 잡았다는 소문도 났어. 통역이 말리느라고 혼났다던데, 통역 쪽에서 나온 소문이야."

"웃통 벗고 뜨자고 했다는 건 김동연 부총리 쪽에서 나온 소문이고."

잠시 차 안에 정적이 덮이더니 둘이 얼굴을 마주 보았다. 그러더니 동시에 어깨를 늘어뜨렸다. 시진핑하고 맞짱 뜨자고 덤볐다는 문재인이

다. 시진핑하고 비교하면 '깜'도 안 되는 자신들의 위상을 떠올린 터라 위축되었다. 차는 속력을 내어 밤거리를 달려가고 있다.

판문점

2018년 4월 27일, 남북 제1차 정상 회담.

판문점 회담장 테이블에 6명이 둘러앉았다. 셋씩 마주 보고 앉은 것
이다. 남쪽은 문재인의 좌우로 임종석과 국정원장 서훈, 김정은의 좌우
는 김여정과 선전선동부장 김영철이다. 지루한 인사, 의식이 겨우 끝나
고 숨을 돌린 상황. 문재인은 집권 1년 만에 남북 정상 회담을 갖는 셈
이다. 2007년, 노무현의 정상 회담 이후로 11년 만이다. 그동안 우파 정
권 이명박, 박근혜 시대는 뛰어 건넌 셈. 그러니 문재인도, 김정은도 감
개 어린 표정이다. 노무현의 상대는 김정은의 아버지 김정일이 했지? 그
김정일도, 상대인 노무현도 지금은 이 세상 사람이 아니다. 그때 먼저 입
을 연 사람이 김정은이다.

"말씀 많이 들었습니다. 여기 앉은 김 부장이 지난번 평창올림픽에 다
녀와서 이야기 많이 하더라고요."

김정은이 옆에 앉은 김여정을 가리켰다.

그러더니 김영철을 보고 고개를 끄덕였다.

"참, 동무도 평창 갔다 왔지?"

"예, 지도자 동지."

김영철이 커다랗게 대답했다. 김영철은 천안함 폭파 주범으로 몰려 방한 기간 동안 언론이 떠들썩했다. 그때 김여정이 말했다.

"대접 잘 받았어요, 모두 각하 덕분입니다."

"아니, 당연한 일이지요."

문재인이 웃음 띤 얼굴로 김정은을 보았다.

"위원장께서도 언제라도 방한하시지요. 남한의 전 국민이 환영할 것입니다."

"그럴 리가 있습니까? 여기 있는 김영철 동무도 슬슬 숨어다녔다던데, 데모대를 피해서 말입니다."

"그럴 일은 없을 것입니다."

정색한 문재인이 고개까지 저었다.

"안심하셔도 됩니다, 위원장님."

그때 김정은의 시선이 서훈에게로 옮겨졌다.

"요즘 국정원에서 간첩 잡습니까?"

"아닙니다."

어깨를 편 서훈이 대번에 대답했다.

"요즘은 거의 검거하지 않습니다."

"살살 하시라고요."

"예, 위원장 동지."

그때 웃기만 하던 문재인이 거들었다.

"한국에서는 나한테도 빨갱이라고 하는 국민이 많아서요."

"아, 그걸 그냥 둔단 말입니까?"

"예전 같으면 잡아갔지요. 그리고 나도 전 같으면 온전치 못했을 겁니다."

"허, 참."

김정은이 혀를 찼다.

"그렇게 대통령 각하가 당하면 되겠습니까? 영(令)이 안 서면 곤란하지 않아요?"

"그런 걱정은 안 하셔도 됩니다."

문재인이 얼굴을 펴고 웃었을 때 임종석이 끼어들었다.

"대통령님의 여론 지지도가 사상 최고입니다, 위원장님."

"글쎄."

김정은의 얼굴에 쓴웃음이 떠올랐다.

"난 그놈의 여론조사가 마음에 안 들어서 말입니다."

의자에 등을 붙인 김정은이 덧붙였다.

"소신대로 하면 되는 거지, 매번 여론조사 눈치만 본다는 말인가? 똥쌀 때도 여론조사 하고 싸나?"

그때 김영철이 소리 내어 웃었기 때문에 서훈과 임종석이 따라 웃었다. 문재인과 김여정은 안 웃었다.

단독 회담이다. 문재인의 요청으로 김정은과 둘이서 마주 앉은 것이다. 나머지 넷은 모두 자리를 비웠다. 그때 문재인이 입을 열었다.

"핵을 폐기하신다면 정권 보장은 물론 전폭적인 지원을 하겠습니다."

김정은은 시선만 주었고 문재인이 말을 이었다.

"핵 가지고 밀당을 해도 손해 보는 것은 북한입니다. 트럼프한테 핵 포기 조건으로 경제지원을 약속받으시지요, 한국도 적극 협조할 테니까요."

"…"

"권불오년입니다. 내 임기가 5년이란 말이죠, 그런데 벌써 1년이 지났고 4년 남았습니다."

문재인이 번들거리는 눈으로 김정은을 보았다.

"위원장께선 앞으로 10년, 20년을 더 집권하시겠지요, 아니 30년도 더 계실지도 모릅니다."

그러고는 문재인이 길게 숨을 뱉는다.

"그래서 내 임기 중에 도와드리려는 겁니다, 4년 후에는 어떻게 될지 모르니까요."

"어떻게 말입니까?"

마침내 김정은이 물었다. 어느덧 김정은의 얼굴도 굳어 있다.

여기는 전주. 조길호가 오늘은 소파에 앉아 TV를 본다. 조길호는 문재인의 팬, 문빠다. 문재인의 일거수일투족이 다 마음에 들고 문재인이 심란한 표정만 지어도 가슴이 미어지는 단계다. 53세, 화랑 경영. 추사 김정호 작품을 모사해서 팔다가 구속된 것이 2년 전이다. 다 변상하고 풀려났지만 그 후로는 소문이 나서 장사가 잘 안 된다. 지금은 문재인과 김정은의 단독 비밀회담, 판문점의 전경만 화면에 비치고 있다. 화랑은 손님이 없다. 사무실에 조길호와 백수인 초등학교 동창 이영구가 놀러와 둘이 있을 뿐이다.

"무슨 비밀회담여?"

의심이 많은 이영구가 투덜거렸다.

"간첩들 모의하는 것맹키로."

"시끄러, 새꺄."

조길호가 눈을 흘겼다.

"재인이가 역사에 남을 작업을 허는 거져. 그냥 입 닥치고 보기나 혀."

"지랄, 문재인이가 미국 모르게 북한에다 쌀을 실어다 준다는 소문이 났던디."

"어떤 미친놈이…."

"천안함도 그 잠수함허고 부딪쳐서 그렇게 되얏단다."

"야, 너 집에 가."

"야, 나도 문재인이 찍었어."

"찍을 놈이 없응게 문재인이 찍었지, 내가 모를 줄 알고?"

그때 회담장에서 문재인이 말했다.

"우리가 미국 놈 중국 놈 등쌀에 밀려서 살 수만은 없지 않습니까? 그 두 놈들 등을 쳐서 자립합시다. 그놈들을 철저히 속여서 우리가 뭉치자 는 말씀입니다. 그것을 내 임기 안에 끝내 보십시다."

문재인의 목소리에 열기가 띠어졌다. 그 기세에 놀란 듯 김정은이 숨 만 쉬고 있다.

문재인이 말을 이었다.

"우리가 전쟁을 해서 어느 한쪽이 이긴다고 온전할 것 같습니까? 그 렇다고 이렇게 질질 끌다가 양쪽이 다 미국 놈 중국 놈 앞잡이나 될 겁 니까? 우리가 뭉칩시다. 옛날 조선 말기에는 이놈 저놈한테 매달리다가 결국 일본 식민지가 되고 말았지 않습니까?"

그때 김정은이 말했다.

"우리 아버지하고 똑같은 말씀을 하시오."

김정은이 눈을 가늘게 뜨고 문재인을 보았다.

"아버지는 미국 놈은 말할 것도 없고 중국 놈도 믿지 말라고 하셨습 니다. 모두 제 이득만 챙긴다고 말씀이오."

"맞습니다."

"하지만 북남은 체제가 다릅니다. 동서독이 통일될 때하고도 달라서 쉽게 융합이 안 됩니다."

"맞습니다."

고개를 끄덕인 문재인이 부드러운 시선으로 김정은을 보았다.

"그래서 내가 곧 트럼프를 만날 텐데 제의를 하려고 합니다."

"어떻게 말입니까?"

"우선 경제 제재를 풀어야 하지 않겠습니까?"

"그렇지요."

그때 숨을 들이켠 문재인이 바짝 다가앉았다.

단독 회담을 마치고 나온 문재인과 김정은은 둘 다 굳은 얼굴로 입을 다물고 있다. 그래서 양측 수행원들은 감히 이유를 묻지 않았다. 이것으로 판문점 남북 정상 회담이 끝났다.

1. 한반도의 비핵화

2. 항구적 평화체제 구축

3. 남북관계의 획기적 개선

양국의 선언이 발표되었다. 전과 비슷한 선언이어서 새로울 건 없다.

청와대 회식

"응? 웬일이래?"

홍준표가 고개를 기울이고 비서관 윤상수를 보았다.

2018년 5월 1일, 점심 식사를 마치고 나오던 홍준표가 윤상수의 보고를 받는다. 방금 윤상수는 청와대 정무수석실의 전화를 받은 것이다. 옆을 따르던 윤상수가 말을 잇는다.

"곧 정무수석이 의원님께 연락을 한다고 했습니다."

오후 2시 10분 전이다.

홍준표가 차에 탔을 때 핸드폰의 벨이 울렸다. 정무수석 전병헌이다. 핸드폰을 귀에 붙인 홍준표가 응답했을 때 전병헌이 말했다.

"의원님, 대통령님께서 내일 저녁 식사나 같이 하시잡니다."

"웬일이래, 그 양반?"

홍준표가 말은 그렇게 했지만 1년 전 대선 때와는 신분의 차이가 천

양지차 아닌가? 그때 전병헌이 웃음기 있는 목소리로 대답했다.

"오실 거죠? 시국에 대한 한담을 하시자는 건데요, 대여섯 분이 오십니다."

"가야죠."

대답을 하고 통화를 끝낸 홍준표가 앞자리에 앉은 윤상수를 보았다.

"문재인이 확실히 많이 변했어."

그러고는 홍준표가 한숨을 쉬었다.

"저렇게 변하다니, 도대체 내일 또 어떤 일이 일어날지 모르겠네."

윤상수는 대답하지 못했다.

다음 날 오후 7시.

청와대 본관의 식당 안, 안으로 들어선 홍준표가 쓴웃음을 지었다. 안에는 이미 5, 6명의 국회의원이 모여 있었기 때문이다. 모두 중진급, 더불어당은 이해찬, 문희상, 정세균, 야당은 곽상도, 심재철, 나경원까지 여섯. 홍준표 포함 일곱이다. 청와대 수석급은 조국과 전병헌, 윤영찬이 동석하고 있다.

"이런, 오늘 무슨 날이야?"

자리에 앉은 홍준표가 원탁 주위를 둘러보며 물었을 때 조국이 웃으며 대답했다.

"예, 그저 정치 고수들과의 단합대회로 생각하시면 될 겁니다."

"허, 참, 내가 별일을 다 겪는군."

그때 식당 안으로 문재인이 들어섰기 때문에 모두 일어섰다.

어수선한 인사를 마치고 모두 자리 잡고 앉았다. 원탁 위에는 한정식 요리와 소주, 맥주, 막걸리가 놓였다. 취향에 맞도록 마시라는 것이다. 문재인이 잔에 직접 따른 막걸리 잔을 들고 말했다.

"오늘은 기탄없이 국정 전반에 대한 비판, 꾸중, 건의 사항을 듣겠습니다."

주위를 둘러본 문재인이 웃었다.

"사회는 조 수석, 전 수석이 맡겠습니다."

"과연."

소주잔을 든 홍준표가 감탄했다. 문재인이 이렇게 달라질 줄은 몰랐다.

"김정은하고 독대하셨을 때 무슨 이야기를 하셨습니까?"

맨 처음의 질문자가 된 홍준표가 물었다. 그것이 요즘 전 국민의 관심사다. 문재인이 함구하고 있었기 때문이다. 오죽하면 미국 CIA의 도청 테이프가 돌아다니겠는가?

그때 문재인이 빙그레 웃었다. 막걸리는 반 잔쯤 마신 상태.

"돌아가신 부친 김정일 위원장님 이야기를 했지요."

문재인의 눈빛이 흐려졌고 방 안이 조용해졌다.

"그리고 핵 이야기를 좀 했습니다."

그때 홍준표가 바로 물었다.

"핵 폐기는 한답니까?"

"대답을 듣지 못했습니다."

"긍정적이던가요?"

"글쎄요, 잘 모르겠네요."

그때 조국이 나섰다.

"자, 다음 질문을 받습니다."

아쉬운 표정이 된 홍준표가 소주를 한 모금에 삼켰다.

"민노총이 대규모 시위를 시작할 예정인데 노사정 합의가 될까요?"

나경원이 물었을 때 문재인이 고개를 저었다.

"정부는 양보 못 합니다. 그리고 위법한 행위는 처벌하겠습니다."

문재인의 시선이 의원들에게 옮겨졌다.

"국회에서 이번에 '노조조정법'과 '시위처벌법'을 즉시 제정해 주시기를 부탁드립니다. 지금까지 묵인, 방조했던 불법 시위는 엄단해야 됩니다."

"알겠습니다."

이해찬이 바로 대답했고 정세균이 홍준표 등을 보면서 웃었다.

"야당 의원들께서도 찬성하시겠지요?"

'아니'라고 할 미친 자가 있겠는가? 그때 문희상이 물었다.

"공수처법은 어떻게 하실 겁니까?"

"그거 취소하십시다."

문재인이 바로 대답했다.

"옥상옥이 될 것 같고 죄 있으면 검찰수사 받으면 되지요 뭐."

"알겠습니다."

모두 숨을 죽였다. 이것은 자신감이다.

그쯤은 모두 짐작할 수가 있다. 문재인이 말을 이었다.

"자, 술 드십니다. 소주에다 막걸리를 타서 드셔도 좋습니다."

홍준표가 길게 숨을 뱉었다. 졌다.

술자리에 열기가 띠어졌을 때 나경원에게 정세균이 물었다.

"이번 입법안 처리는 문제 없겠지요?"

"여당이 총대를 멘다는데 우리가 반대할 이유가 있겠어요?"

나경원이 바로 대답했다. 하지만 지금도 부글거리는 민노총, 한노총 양대 세력은 당연히 폭발하게 될 것이다. 지금까지 '노조공화국'을 비난해왔던 야당이 이번의 입법안에 반대할 이유가 없다. 반대한다면 미친놈이지, 그 말을 옆에서 들은 곽상도가 오히려 걱정스러운 표정으로 묻는다.

"괜찮겠어요?"

"아, 그거야."

정세균이 웃음 띤 얼굴로 곽상도를 보았다.

"이미 입법안 다 만들어 놓았습니다. 곧 올릴 테니까 동의만 해주시죠."

"내용은 보여주셔야 합니다."

"아, 당연하죠. 바로 보내드립니다."

그때 그것을 들었는지 문재인이 말했다.

"도와주세요. 다 나라를 위한 일입니다."

"이거 막걸리 갖고는 안 되겠는데."

막걸리 잔을 든 홍준표가 말했을 때 이해찬이 입맛을 다셨다.

"저 양반 또 오바하고 있어."

"내가 언제? 분위기 살리려고 그러는데."

홍준표가 이해찬을 노려보았다. 둘이 말 섞는 것도 오랜만이다.

"그럼 이따 따로 한잔합시다."

홍준표가 어깨를 부풀리며 말했다.

"이젠 합당해도 되겠다."

또 오바했다.

"노조조정법, 시위처벌법이라니, 우리 우파 정권 때도 입법하지 못한 법안인데."

돌아오는 차 안에서 곽상도가 심재철에게 말했다.

"여당이 발의한다니까 통과시켜야겠지요?"

"당연히 그래야죠."

심재철이 고개를 끄덕였다.

"여당에서는 의견이 분분하겠지만 결국 통과시킬 겁니다."

"도대체 왜 저럴까요? 이제 여당이 야당 같고 야당이 여당 같습니다. 가끔 헷갈릴 때가 있어요."

"대한민국에 국운(國運)이 돌아온 것이죠."

"소문으로는…."

차 안에서 운전사와 그들 둘까지 셋뿐이지만 곽상도가 목소리를 낮췄다.

"문재인이 약을 잘못 먹고 이상하게 되었다는 겁니다."

"무슨 약?"

"그, 머시냐 3백 년 된 산삼 뿌리를 한 가닥씩 먹는답니다. 양정철이가 구해다 바쳤다는데."

"그게 무슨 말요?"

"글쎄, 청와대에서 아침마다 그걸 씹어먹고 출근한답니다."

"산삼 뿌리를?"

"김정숙도 가끔 얻어먹는 바람에 변했다는데."

"에이, 별놈의 소문도 다 떠도네."

"청와대 주방에서 나온 소문입니다."

"소문이 어쨌든 지금 문 대통령은 잘만하고 있으니까 됐어요."

"하긴."

의자에 등을 붙인 곽상도가 쓴웃음을 지었다.

"뭘 마시건 지금처럼만 하면 됐죠."

"나, 참."

심재철이 한숨을 쉬었다.

"우리가 문재인한테 지금처럼만 하면 된다고 하다니."

곽상도도 입을 다물었다. 문재인의 지지도는 80퍼센트 이상이다. 여당은 물론이고 야당도 전폭적으로 지지하고 있다. 여당은 전혀 예상하지 못했는지 허둥대는 상황이다. 따라가지를 못하고 있는 것이다.

한미 정상 회담

"미스터 김 만나셨지요?"

트럼프가 먼저 물었다. 한미 정상 회담, 이번에 트럼프와는 두 번째 정상 회담이다. 작년, 취임 후 한 달 만에 만났을 때는 '정신없어서' 제대로 얼굴도 못 보았지만 지금은 문재인도 눈동자가 흔들리지 않는다. 트럼프는 문재인이 한 달 전에 판문점에서 김정은을 만난 것을 묻는 것이다.

2018년 5월 23일, 확대 정상 회담에 들어가기 전, 오벌룸 안.

문재인이 웃음 띤 얼굴로 대답했다.

"예, 그 말씀을 드려야 할 것 같습니다."

"합시다."

트럼프가 옆에 앉은 볼턴에게 물었다.

"볼턴, 괜찮지?"

"예, 30분은 시간이 있습니다."

"그럼 그 안에 해치우지 뭐."

트럼프가 자리를 고쳐 앉았다. 오벌룸 안에는 문재인과 트럼프, 그리고 안보실장 정의용과 안보보좌관 볼턴이 둘러앉아 있다. 그때 다시 트럼프가 말했다.

"자, 김을 만난 이야기를 들읍시다."

"예, 핵 포기 대가로 체제 보장, 경제 지원을 요구합니다."

문재인이 말을 이었다.

"그리고 그 핵 포기의 보증은 한국이 서기로 했습니다."

"한국이?"

되물은 트럼프가 볼턴을 보았다. 그때 볼턴이 고개를 저었다.

"안 됩니다. 짜고 치는 고스톱입니다."

통역의 말을 들은 문재인이 눈을 치켜뜨고 물었다, 물론 통역에게.

"진짜 고스톱이라고 했어?"

통역이 당황했다.

"포커 게임이라고 했습니다."

"생사가 걸린 일이니까 똑바로 해."

통역에게 꾸짖자 정의용이 트럼프와 볼턴에게 말했다.

"죄송합니다. 통역에게 주의를 주고 있습니다."

정의용이 분위기를 부드럽힌 덕분에 볼턴은 어깨를 늘어뜨렸지만 트럼프는 호기심을 나타내었다. 문재인에게 묻는다.

"문, 어떻게 보장을 하겠다는 거요?"

"내 목숨을 걸겠습니다."

통역의 말을 들은 볼턴이 쓴웃음을 지었고 트럼프는 어깨를 치켰다가 내렸다. 문재인이 말을 이었다.

"김정은은 미국과의 동맹을 맺겠다는 제의를 했습니다. 물론 비밀로 말입니다."

"음."

통역의 말을 들은 트럼프가 신음했다.

"동맹이라고 했소?"

"예, 대통령님."

"비밀동맹?"

"예, 대통령님."

그때 볼턴이 나섰다.

"김정은이 마피아 영화를 많이 보았군."

통역을 그대로 들은 문재인이 정의용에게 말했다.

"저 망할 놈 때문에 일이 안 되는군."

당황한 정의용이 트럼프 쪽 통역을 보았다. 한국계 여자다. 미인이다.

"미안합니다. 우리끼리 한 말이라, 부탁합니다."

전하지 말라는 부탁이다. 그때 트럼프가 물었다.

"무슨 말입니까?"

그것은 문재인도 알아들었기 때문에 바로 영어로 대답했다.

"나씽."

그때 고개를 끄덕인 트럼프가 다시 문재인을 보았다.

"문, 왜 비밀동맹을 하자는 거요? 중국이 무서워서?"

"갑자기 동맹을 맺으면 중국이 어떤 행동을 취할지 알 수 없지요. 더구나 북한과 중국은 동맹국 관계 아닙니까?"

문재인이 차분하게 설명했더니 볼턴이 고개를 끄덕였다.

"그건 맞는 말이오."

볼턴을 무시하고 문재인이 말을 이었다.

"각하의 이번 임기가 끝날 때쯤 준비를 다 해놓았다가 발표하는 것이 낫지 않겠습니까? 시간이 필요합니다."

"옳지."

트럼프는 완전히 마음을 굳혔다. 감탄사를 뱉은 트럼프가 볼턴을 보았다.

"볼턴, 어때?"

그러자 볼턴이 문재인을 보았다.

"동맹을 조건으로 핵 폐기는 안 되죠. 비밀 조약을 맺었다고 해도 말입니다."

"그럼 핵 폐기 보상금은 그때 받기로 하고 경제 제재나 해제시켜 주십시오. 김정은의 동맹 약속 문서는 받아오겠습니다."

"그 문서는 내가 직접 받지."

다시 트럼프가 나섰다.

"내가 사업하면서 그런 경우도 겪어 봤어. 서류를 2개 만들어서 하나는 대외 발표용으로 하고 또 하나는 진짜 동맹 계약 문서로 받는 거야. 그것을 내가 보관하고 있다가 내 재선 전에 발표하는 거야."

이렇게 2018년 5월의 제2차 한미 정상 회담이 끝났다. 회담 장면을 본 미국인, 한국인들은 다 느꼈겠지만 두 정상의 분위기는 화기애애했고 무지하게 친밀감이 느껴졌다. 트럼프는 김정숙의 볼에 두 번이나 입을 맞췄는데 이런 일은 처음이었다.

볼턴은 문재인이 떠난 후에 백악관 화장실에서 욕을 했다.

"개 같은 놈들."

문재인과 트럼프를 욕한 것이다.

"두 놈이 똑같다."

어깨를 부풀렸다가 내린 볼턴이 말을 이었다.

"그래도 문재인이가 낫지. 차라리 문재인이가 내 대통령이라면 더 낫겠다."

볼턴의 얼굴에 쓴 웃음이 떠올랐다.

"뭐? 미북 동맹의 비밀 합의? 그것을 재선 전에 터뜨린단 말이지? 더러운 장사꾼 놈."

소변을 마친 볼턴이 물건을 넣고는 바지 지퍼 올리는 것을 잊고 화장
실을 나왔다. 그러나 열린 지퍼는 TV에 나오지 않았다, 기자들이 다 떠
났으니까.

울산시장

"오랜만입니다, 형님."

전화기를 귀에 붙인 문재인이 웃음 띤 목소리로 말했다. 표정도 밝다. 그때 송철호가 대답했다.

"아유, 제가 진즉 인사를 드려야 했는데 이제야 전화드립니다."

"아닙니다, 제가 먼저 전화를 드렸어야죠. 죄송합니다."

2018년 5월 말, 트럼프와 정상 회담을 마친 문재인이 귀국한 지 사흘밖에 되지 않는다.

청와대 집무실 안, 문재인 옆엔 국정상황실장 윤건영이 서 있다. 그때 문재인이 물었다.

"형님, 울산시장에 출마하셨다면서요?"

"예, 대통령님."

"아이구, 이번에는 당선이 되셔야 할 텐데요."

"아, 예. 되겠지요."

"바쁘실 텐데 전화주셔서 고맙습니다."

"아닙니다, 대통령님."

"언제 한번 뵙지요."

"예, 기다리겠습니다."

그러더니 송철호가 잊었다는 듯이 서둘러 말했다.

"대통령님 인기가 하늘을 찌를 것 같습니다. 자랑스럽습니다."

"감사합니다, 형님."

"한번 내려오시지요, 기다리겠습니다."

"예, 형님. 그럼 전화 끊겠습니다."

"예, 대통령님."

전화기를 내려놓은 문재인이 옆에 선 윤건영을 보았다. 시선을 받은 윤건영이 잠자코 기다리는 시늉을 한다. 지시하실 사항이 있으면 말씀하시라는 표시다. 그때 문재인이 물었다.

"송철호 씨가 청와대에 전화를 자주 하나?"

"잘 모르겠습니다, 대통령님."

"울산시장에 당선되어야 할 텐데."

"예, 대통령님."

"그런데."

고개를 든 문재인이 윤건영을 보았다.

"잘 알겠지만 말야."

"예, 대통령님."

"큰일 나."

그러고는 문재인이 길게 숨을 뱉었다.

"내가 가만있어도 나하고 송철호 씨의 친분 관계를 아는 사람들이 알아서 도와줄지도 몰라."

긴장한 윤건영의 시선을 잡은 문재인이 고개를 저었다.

"그러면 안 된다고 해."

"예, 대통령님."

"이런 말이 송철호 씨한테 들어가면 서운하겠지만 말야."

"알겠습니다, 대통령님."

"가서 전해."

어깨를 늘어뜨린 문재인이 외면했기 때문에 윤건영은 몸을 돌렸다.

"진짜요?"

윤건영의 말을 들은 이광철이 물었다.

민정수석실 안, 윤건영이 이광철을 찾아가 문재인의 말을 전한 참이다. 회의실에는 둘뿐이었지만 이광철이 목소리를 낮췄다.

"그 양반, 도와주지 않으면 이번에도 떨어지는데."

"그럼 떨어지게 놔둬."

"젠장."

"전화 왔어?"

"아직, 하지만 기다리고 있다는 소문이 들려."

"젠장, 소문까지."

혀를 찬 윤건영이 말을 이었다.

"혹시 전화 오더라도 받지 마쇼, 그게 서로를 위해 좋아."

"알았습니다."

이광철이 심호흡을 했다.

"우리 수석님한테도 전해야겠군."

"예감이 이상해."

그 시간에 송철호가 외사촌 이익수에게 말했다. 둘은 울산의 커피숍에서 마주 앉아 있다. 송철호가 말을 이었다.

"문재인이가 변한 것 같혀."

"어떻게 말요?"

"날 도와준다는 말을 안 해, 한마디도."

송철호가 어깨를 부풀렸다가 내렸다.

"이대로 나가면 이번에도 낙동강 오리알인데."

이익수는 대답하지 않았다.

"잘 하셨습니다."

송철호와의 통화 내용을 간단히 이야기한 문재인에게 양정철이 말했다.

"이제 마음이 놓입니다."

"그 양반, 울산시장이 평생소원이었는데."

"국회의원도 평생소원이었죠."

"이 사람아, 그렇게 매정하게 말하는 게 아냐. 안쓰러워."

"솔직히 저는 그분이 대통령님께 연락을 해 온 것이 불쾌합니다."

"아니, 내가 어제 먼저 인편으로 안부 물었던 거야."

"어쨌든 이제 그분이 알아서 하도록 놔두시지요."

"떨어질 거야."

"운명입니다."

자르듯 말한 양정철이 정색하고 문재인을 보았다.

"밀행 준비를 마쳤습니다."

밀행

오후 8시, 대림동 골목의 '우정식당', 주인 박만수는 안으로 들어서는 손님 둘을 보았다.

"어서 오십시오."

식당 안에는 손님이 두 팀, 5명뿐이다.

테이블이 6개인 우정식당은 10평 규모의 순댓국 전문식당이다. 종업원은 박만수 포함 셋, 주방에 있는 처 오금옥과 주방일을 하는 한 씨 아줌마다. 손님 둘이 안쪽 자리에 앉았기 때문에 박만수가 둘 앞에 물 잔을 내려놓다가 숨을 들이켰다. 문재인이다. 그리고 그 옆에는, 뭐시냐, 누구더라? 그렇지, 양정철이다. 그때 양정철이 말했다.

"순댓국 둘에 소주 한 병요."

허둥지둥 박만수가 돌아갔을 때 문재인이 양정철에게 말했다.

"놀란 것 같군."

"예, 그런 것 같습니다."

건성으로 대답한 양정철이 식당을 둘러보았다. 마음에 들지 않는 것 같다.

"왜? 식당이 마음에 안 드나?"

문재인이 묻자 양정철이 입맛을 다셨다.

"하필 이런 곳을 정하다니요, 그 양반이…."

그때 식당 안으로 사내 하나가 들어섰다. 안철수다. 둘을 본 안철수가 웃음 띤 얼굴로 다가왔다. 이곳을 약속 장소로 정한 사람이 안철수다.

자리에서 일어선 문재인이 안철수를 맞는다.

"반갑습니다."

손을 내민 문재인이 안철수와 악수를 나눴다. 안철수가 양정철과 목례를 나누고는 자리에 앉는다. 그때 순댓국과 소주병이 날라져 왔다.

"여기 순댓국 하나 더요."

안철수가 식탁을 보더니 순댓국을 시켰을 때 문재인이 술병을 들었다.

"자, 술부터 한 잔 하십시다."

잔에 술을 따르면서 문재인이 말을 이었다.

"안주는 내 순댓국으로 하시고."

"예, 그러지요."

잔을 받은 안철수가 환하게 웃었다.

"감회가 새롭습니다."

그럴 것이다, 만났다가, 합쳤다가, 헤어져서 싸우기를 여러 번이고 그 승자는 번번이 문재인이었으니까. 양정철은 숨을 죽였다.

한 모금 소주를 삼킨 안철수가 말했다.

"요즘 참 잘하시던데요. 우리 야당의 해체론까지 나올 정도로 정치를 잘하고 계십니다."

"아이구, 내가 안 대표님한테 이런 소리 들으려고 모신 게 아닌데…."

"여기를 만나는 장소로 잡아서 좀 그러시죠?"

"아닙니다."

그때 안철수가 식당 안을 둘러보았다.

"오늘은 식당 손님이 다르군요."

영문을 모르는 문재인이 눈만 껌뻑였을 때 양정철이 나섰다.

"죄송합니다. 식당이 너무 오픈되어서 손님을 경호실 요원으로 채웠습니다."

쓴웃음을 지은 양정철이 뒷머리를 긁었다.

"경호실에서 조처한 것이라 양해 바랍니다."

"아니, 잘 됐어요."

안철수가 웃음을 띠면서 말을 이었다.

"이따 식당 주인 말이나 들어 보시지요."

그러고는 안철수가 문재인을 보았다. 용건이 뭐냐고 묻는 표정이다. 그때 문재인이 불쑥 물었다.

"내가 좌파인 것 같습니까?"

순간 안철수가 고개를 들었다가 빙그레 웃었다.

"그러셨지요."

"그건 과거형입니까?"

"전에는 그런 행동을 하셨는데 지금은 아닌 것 같습니다. 하지만 주변에는…."

"청와대에는 아직도 그런 성향의 비서들이 많아서 그런가 보지요."

"예, 그렇습니다."

안철수가 정색했다.

"운동권 출신들이 대거 입성했고 지금도 남아 있지 않습니까?"

"그렇군요."

"그들이 대통령님 모르게 작용할 수도 있지 않겠습니까?"

이런 말도 안철수나 되니까 할 수 있는 말이다. 솔직하면 직설적으로 말을 할 수밖에 없다. 달리 말하면 정직한 말은 짧고 직설적이다. 거짓말은 길고 미사여구가 많아지면서 끝이 흐리다. 고개를 끄덕인 문재인이 양정철을 보았다. 그러나 입을 열지는 않았다. 잠깐 정적이 흐른 후에 문재인이 안철수에게 물었다.

"좌우 갈등, 동서 갈등을 해소할 방안이 없을까요?"

"아이구 대통령님, 그걸 왜 저한테 물으십니까? 정부에 위원회가 많을 텐데요."

"미리 말씀드리지만 그런 정치적인 위원회는 정리할 계획입니다."

"그건 잘하시는 겁니다."

고개를 끄덕인 안철수가 말을 이었다.

"전라도 대통령을 시킨다고 갈등이 풀리지는 않더군요. 또 좌우 갈등은 해방 이후에 70년간 이어져 왔지 않습니까?"

그때 문재인이 고개를 끄덕였다.

"좌우 갈등이 친북, 친한 갈등으로 되었지 않습니까?"

안철수가 멈칫했을 때 문재인이 말을 이었다.

"그러다가 한국과 북한의 관계가 좋아지게 되니까 친북 세력이 좀 어리둥절한 것 같지 않습니까?"

"지금 어리둥절이라고 하셨습니까?"

안철수가 이를 드러내고 웃었다.

"하긴 그런 것 같은데요."

"그래서 말씀인데요."

문재인이 정색하고 안철수를 보았다.

"제 생각에는 안 대표님이 적격자이신 것 같습니다."

"뭐가 말씀입니까?"

"노동당 어떻습니까?"

"예? 노동당이라니요?"

"영국에도 노동당이 있죠. 한국의 노동당을 세우는 것이 어떻겠습니까?"

바짝 다가앉은 문재인이 말을 이었다.

"꼭 사회주의 체제를 기반으로 당을 세우시라는 것이 아닙니다. 한국 실정에 맞는, 좌우를 다 포용하는 정당, 그래서 북한의 체제도 받아들일 수 있는 정당을 말입니다…"

"잠깐만."

정색한 안철수가 문재인을 보았다.

"지금 그 말씀을 하러 오신 겁니까?"

"예."

한숨을 내쉰 문재인이 힐끗 양정철을 보았다.

"양 실장, 대신 말씀 좀 드려."

"예, 대통령님."

양정철은 다가앉았다. 순댓국은 이미 싸늘하게 식어 있다. 양정철이 말을 이었다.

"그 노동당에 여, 야, 그리고 노조, 거기에다 운동권 세력까지 다 끌어오는 것입니다. 그러면 금방 제2당은 될 것입니다.

"…"

"그러면 노동당은 남북통일의 대안 정당이 됩니다. 용광로처럼 좌우를 녹이고, 나아가서 동서까지 융합한 후에 남북통일을 맞는 정당인 것입니다."

이제는 안철수의 두 눈이 흐려졌다. 먼 곳을 보는 것 같다. 안철수가 입술만 달싹이며 말했다.

"그래도 노동당 이름은 싫은데."

그래서 이름만 바꾸기로 하고 안철수와 합의를 했다. 탄핵 이후에 한국 야당은 자유한국당, 국민의 당, 바른정당으로 찢어진 과도기적 시대다. 국민의 당 대표인 안철수가 당명만 바꾸면 되는 거지.

순댓국을 데워 오라고 한 후에 다시 술잔을 든 안철수가 이제는 눈동자의 초점을 잡고 문재인을 보았다.

"왜 날 고르신 겁니까?"

선택했느냐고 물으려다가 어색해서 그렇게 나왔다. 그때 문재인이 '씩' 웃었다.

"이젠 나눠 줄 때가 된 거죠."

안철수의 굳은 표정을 보더니 문재인이 바로 말을 바꿨다.

"제일 믿을 만한 분이기 때문이죠."

그러고는 덧붙였다.

"그리고 정직하고."

"과찬이십니다."

안철수가 그렇게 사례했다.

"사장님, 나 좀 봅시다."

안철수가 식당 주인을 불렀을 때는 셋이 소주 한 병을 다 마셨을 때다.

주방 앞에서 눈치만 보던 주인이 서둘러 다가오더니 코가 땅바닥에 닿도록 절을 했다. 문재인이 웃음 띤 얼굴로 앞쪽 자리를 가리켰다.

"앉으세요."

50대 중반쯤의 사내. 두려운 표정, 눈동자가 흔들렸고, 얼굴은 굳어 있다. 그때 안철수가 주인에게 물었다.

"사장님, 이 집 주인이 누구죠?"

"예, 중국인 한족이죠."

"그럼 한족인 건물 소유주한테서 월세로 순댓국 식당을 하신단 말이죠?"

"예, 근처에 그런 곳 많습니다."

주인이 이제는 문재인을 보았다.

"조선족도 아녜요, 한족입니다. 돈이 엄청 많은 사람이죠."

문재인이 고개를 끄덕였다. 대통령이라고 한족 주인과 한국인 세입자 위치를 바꿀 수는 없다. 또 이런 경우가 법에 어긋나는 것도 아니다. 안철수는 이런 상황도 있다는 것을 알려주려고 이곳에서 만나자고 한 것이다.

"요즘 힘드세요?"

겨우 문재인이 그렇게 물었더니 주인이 고개를 숙였다.

"제가 못나서요. 능력이 없어서 좀 힘듭니다."

문재인도 고개를 떨구었다. 이것이 한국인 대부분의 본성이다, 다 자기 탓을 하면서 삭이는 것이.

돌아오는 차 안에서 문재인이 양정철에게 말했다.

"중국은 어떻게 하는지 알아봐. 거기서도 한국인이 건물 사서 중국인한테 세를 놓는지."

"예, 대통령님."

"거기 체제 따지지 말고 똑같이만 해야 해. 무슨 말인지 알지? 우리가 중국인한테 말야."

"예, 대통령님."

문재인이 길게 숨을 뱉었다.

"사람은 세 가지 복을 타고 나야 해."

"…"

"첫째는 나라를 잘 만나야 하고."

"…"

"둘째는 부모."

그러고는 문재인이 다시 한숨을 쉬었다.

"셋째는 대통령."

싱가포르

2018년 6월 12일.

한미정상 회담이 끝나고 한 달도 안 되어서 싱가포르에서 북미 정상 회담이 열린 것이다. 그것은 트럼프가 서둘렀기 때문이다. 문재인의 말을 들은 트럼프는 조급해졌다. 그래서 마이크 폼페이오 국무장관을 김정은에게 보내 진의(?)를 확인한 후에 싱가포르에서 미북 정상 회담을 개최하게 된 것이다.

이곳은 테이블에 마주 앉은 트럼프와 김정은, 둘의 좌우에는 폼페이오, 볼턴, 김영철 등이 포진하고 있다.

"갓뎀."

트럼프는 신이 난 상태, 낮게 투덜거린 트럼프가 김정은을 보았다.

"자, 우리 공식 회담으로 들어가기 전에 커피나 한 잔 때립시다, 미스터 김."

은근한 표정으로 말한 트럼프가 눈으로 옆쪽을 가리켰다.

"옆방을 비워 놓았습니다."

옆방으로 옮겨간 면면은 미국 측은 트럼프와 폼페이오, 그리고 통역. 볼턴은 뺐다. 그래서 김정은도 김영철과 통역을 대동해서 셋씩 마주 앉았다. 이제 트럼프는 긴장된 표정, 어렸을 때 아버지하고 '월세' 받으러 다닐 때의 표정이 되었다. 어깨를 편 트럼프가 지그시 김정은을 보았다.

"내가 세상에서 가장 좋아하고 믿을 만한 친구는 바로 한국의 미스터 문이오."

통역의 말을 들은 김정은이 '픽' 웃고 나서 대답했다.

"나도 그렇습니다."

"그 친구가 우리 둘을 위해서 큰일을 했어요."

"맞습니다."

"요즘 건강은 어떻습니까?"

"좋습니다."

"담배는 건강에 안 좋습니다, 미스터 김."

"줄이고 있어요."

"미국에 오시면 내가 근사한 파티를 열어 드리죠. 내 호텔에서 말입니다."

"감사합니다."

"여자 좋아하시지? 어떤 체형을 좋아하시나?"

그때 통역이 버벅거렸기 때문에 트럼프가 눈을 흘겼다. 통역의 말을 들은 김정은이 다시 '픽' 웃었다.

"전 날씬한 체형을 좋아합니다."

"옳지. 나하고 취미가 비슷하군."

감동한 트럼프가 말을 이었다.

"내가 10명쯤 준비해드리지. 한번 근사한 파티를 합시다."

"감사합니다."

"올해 안에 오시오."

"알겠습니다."

"그런데."

어깨를 편 트럼프가 김정은을 보았다.

"동맹 계약서, 아니 동맹 합의서는 준비해 오셨는지?"

그때 김정은의 시선을 받은 김영철이 들고 온 가방에서 서류를 꺼내 트럼프에게 내보였다. '동맹 합의서'다. 김정은이 준비를 해 온 것이다. 숨을 들이켠 트럼프가 합의서를 살펴보더니 폼페이오에게 밀어주었다. 폼페이오가 서류를 읽기 시작했을 때 트럼프가 다시 김정은을 보았다.

"거기, 퐁양이라고 했죠, 수도가?"

"평양입니다."

"아, 맞다, 평양. 근데 거기 짓다 만 건물이 있던데, 피라미드처럼 생긴…."

"아, 유경호텔입니다."

"그거, 내가 맡아서 근사하게 완공시켜드리지. 그러니까 나한테 매각할 용의가 있습니까? 미국 말고 내 회사로 말요."

잘못 알아들은 김정은이 통역을 노려보았을 때 폼페이오가 말했다.

"완벽합니다. 대통령께서 사인만 하시면 되겠습니다."

"알았어."

건성으로 대답한 트럼프가 대답을 기다리듯 김정은을 보았다. 그때 김정은이 고개를 끄덕였다.

"고려해 보지요."

"그거 짓다가 중지한 지 오래되어서 다 허물고 다시 지어야 돼요."

진지한 표정으로 말한 트럼프가 통역이 끝나기를 기다렸다가 말을 잇는다.

"그럼 그 이야기는 나중에 합시다."

20분쯤 후에 별실에서 '커피'를 마시고 나온 트럼프가 시치미를 뚝 뗀 얼굴로 회담장의 의자에 앉았다. 김정은은 상기된 얼굴이다.

"자, 시작합시다."

트럼프가 시작을 선언했고 회의는 일사천리로 진행되었다.

1. 한반도의 완전 비핵화

2. 평화체제 보장

3. 북미 관계 정상화 추진

4. 6·25 전사자 유해 발굴과 송환

협정이 체결되었다. 두 정상은 굳은 악수를 나누고 공동성명을 발표했다. 이른바 싱가포르 협정이다.

다음 날, 2018년 6월 13일, 한국의 지자체장 선거일이다. 선거 결과는 볼 것도 없지. 출구 조사를 할 것도 없다, 그냥 싹쓸이를 해버렸으니까. 문재인은 TV 뉴스를 보지도 않았다.

대북제재 해제

싱가포르 회담이 끝나고 한 달도 안 되어서 미국 주도로 대북제재가 해제되었다. 북한의 대외무역이 개방되었고 개성공단도 재가동되었다.

"시발, 다 뜯어갔네. 개아들놈들."

공단에 입주했던 '백두상사' 사장 강진두가 욕을 퍼부었지만 저 혼자만 당한 게 아니다. 그사이에 공단은 폐허가 되어 있었다. 유리창까지 다 떼어간 회사도 많았다. 하지만 금세 복원시킨 개성공단은 문짝이 없는 상태로, 지붕도 뜯긴 공장에서 가동을 시작했다. 공원들이 순식간에 몰려왔기 때문에 근로자는 다 갖춰졌다. 그러나 개성공단 분위기는 그어느 때보다 고양되었다. 노사 양쪽이, 남북한이 일심동체가 되어서 일을 시작한 것이다. 목적은? '돈'을 벌기 위해서.

개성공단이 가동된 지 10일쯤 지났을 때 김정은이 찾아왔다. 그 시간에 맞춰서 문재인도 자유로를 달려 개성공단에 왔다. 가깝기 때문에 싱가포르에 가서 만나는 트럼프하고는 다르다. 7월 25일인가?

둘은 공단본부 건물의 귀빈실로 들어가 앉았다. 각각 동행이 있다. 김정숙과 리설주. 둘은 부부 동반으로 만난 것이다.

넷이 자리 잡고 앉았을 때 먼저 김정은이 입을 열었다.

"트럼프가 유경호텔을 싸게 팔라는데 어떻게 해야될지 모르겠어요."

"응? 얼마로 산대요?"

문재인이 묻자 김정은은 눈썹을 모았다.

"모두 다 뜯고 새로 지어야 한다면서 철거 비용이 더 든다네요."

"글쎄, 얼마 준대요?"

"250만 불."

"저런, 도적놈."

둘이 이야기하는 동안 김정숙과 리설주가 구석 쪽으로 자리를 옮기더니 따로 논다. 얼핏 들리는 말이 '옷이 어떻고' '화장품이 저렇고' '피부'가 어떻다는 이야기인데 서로 말이 잘 통한다. 다시 김정은이 말을 잇는다.

"대리인이란 놈이 들어와서 흥정을 하는데 잘 대해줬더니 글쎄 접대원을 둘이나 데리고 잤어요."

그때 김정숙이 힐끗 이쪽을 보았다가 금세 머리를 돌렸다. 문재인이 심각한 표정으로 고개를 끄덕이며 말했다.

"땅값으로 1백억 불을 내라고 하세요."

놀란 김정은이 눈을 크게 떴을 때 문재인이 말을 이었다.

"사지도 못하겠지만 그럴 가치가 있습니다. 일단은 그렇게 불러서 물러나게 하는 게 낫습니다."

"아하, 그래야겠구나."

"이제 좀 경제가 돌아갑니까?"

"아이구, 덕분에요."

"어디 제 덕분이라고 할 게 있습니까? 위원장님이 폭넓게 받아들이셨기 때문이죠."

"남조선에서는 대통령님을 빨갱이라고 부르는 놈들도 있는 모양인데 그런 소리까지 들으시면서….."

"아이구, 그런 건 한 귀로 듣고 다른 귀로 내보내면 됩니다."

"그래서, 오면서 생각했는데 유경호텔을 대통령님이 가져가시면 어떨까 해서요."

"무슨 말씀입니까?"

"지난번에도 말씀하셨지 않습니까? 대통령님은 임기가 5년이라고. 그러니까 이제 4년도 안 남으신 것 아닙니까?"

"그건 그렇죠."

"그럼 유경호텔을 싼값에 드릴 테니까 그걸 갖다가 다시 파시든지 호텔을 새로 짓든지 하시지요."

"…"

"아마 돈이 될 것입니다."

김정은의 얼굴이 진지해졌다.

"제가 10만 불에 팔지요. 계약서에 가격은 적어야 할 테니까요."

"아이구, 이런."

"돈은 10년 후에 주셔도 됩니다. 그걸 트럼프한테 100억 불에 파시든 지요."

그때 문재인이 숨을 들이켜고 나서 김정은을 보았다. 정색한 얼굴 이다.

"꼭 저한테 뭘 주시겠다면 부탁이 있습니다, 위원장님."

"예, 말씀하시지요."

김정은이 어깨를 부풀리면서 말하는 분위기가 무엇이든 다 해치울 기세다.

사흘 후 오전, 청와대 비서동의 회의실에 60여 명의 인원이 모였다. 그런데 그 면면을 보면 놀랍다. 여야 중진 위원이 10여 명, 대기업 사주 10여 명, 그리고 노조 지도부 10여 명이다. 그래서 둘러앉은 지도급 인 사들의 분위기는 어수선, 뒤숭숭했다. 한국 경제의 수뇌부가 다 모인 셈 이 아닌가, 거기에다 관계 장관들과 여야 중진 위원들까지. 문재인이 들 어섰을 때는 회의실의 분위기가 최고조로 솟아오른 상태였다. 갑자기 하루 전에 출석을 요청받은 터라 영문을 모르는 사람들이 대부분이다.

그때 자리에 앉은 문재인이 웃음 띤 얼굴로 말했다.

"사흘 전에 개성에서 김 위원장을 만나 여러 가지 이야기를 했습니다."

모두 숙연한 분위기, 문재인이 말을 잇는다.

"오늘은 노사 문제에 대한 내 결심을 말씀드리려고 합니다."

문재인의 시선이 옆쪽에 앉은 조국을 스치고 지나갔다.

"나는 전문적 지식이 없기 때문에 경제에 관한 내 국정 방향만 말씀드리겠습니다."

어깨를 편 문재인이 말을 이었다.

"나는 '생산성주도성장'을 추구합니다. 생산성 증가 없이는 임금 인상도, 고용 증가도 없습니다. 그리고 생산성 증가를 저해하는 모든 요인을 법으로 처리하겠습니다."

그러고는 문재인이 길게 숨을 뱉었다. 어느덧 문재인의 얼굴에 웃음이 떠올라 있다.

"여기까지입니다. 나머지는 민정수석, 사회수석이 말씀드릴 것입니다."

그러고는 고개를 절레절레 흔들었다.

"내 결심은 확고합니다. 하지만 전문 지식이 모자라니까, 원."

문재인의 선언에 가장 충격을 받은 두 그룹의 당사자가 있다. 대기업 사주 그룹과 노조 지휘부 그룹이다. 모두 산전수전을 다 겪은 거물들이

어서 '포커 페이스'를 유지하고 있지만, 조국의 느낌에는 그 두 그룹 쪽에서 심장 박동 소리가 '머플러'를 뺀 자동차 엔진음처럼 울리는 것 같다. 대기업 사주 측은 열광하는 느낌이었고 노조 측은 격분한다고 해야 될까?

그러나 일단 모두 말이 없다. 요즘의 문재인이 누군데? 감히 누가 대놓고 대들어? 좆으로 밤송이를 까라면 까야지.

"시발."

마침내 화장실 소변구 앞에서 민노총 위원장 김명환이 앞에다 대고 씹어 뱉었다. 옆에는 한노총 위원장 김주영이 싸고 있다. 지금은 잠깐의 휴식 시간. 문재인은 짧은 '연설'을 하고 안으로 들어가 버렸다. 김명환이 말을 이었다.

"어쩌자는 거야? 한번 해보자는 거야?"

김주영은 잠자코 아랫배에 힘만 주었다.

"간이 배 밖으로 나왔군, 이 양반이."

"…"

"'노조조정법' '시위처벌법'까지 만들어서 죽이려고 하더니 이제는 뭐, 생산성주도성장? 무슨 개뼉다귀 같은 수작이야?"

"…"

"시발 놈 같으니."

김명환의 목소리가 점점 가라앉고 있다.

한편, 이쪽은 대기업 사주 셋이 둘러서 있다. 이재용과 김승연, 최태원이다.

"생산성주도성장이란 뭡니까?"

김승연이 묻자 최태원이 고개를 기울였다.

"글쎄요. 어쨌든 그 소득주도성장이라고 했던 것보다는 제대로 된 정책 같습니다."

"이따 조 수석한테 물어봐야겠군."

"노조 측에서 당황한 것 같던데."

김승연이 길게 숨을 뱉었다.

"정국이 대립 상태가 되면 안 되는데."

그때 고개를 든 최태원이 이재용을 보았다.

"요즘 잘 되십니까?"

이재용은 문재인의 특별사면을 받고 펄펄 날아다니고 있다. 둘의 시선을 받은 이재용이 환하게 웃었다.

"잘 되어야겠지요."

휴식시간이 끝나고 질의 시간이 되었을 때 먼저 김명환이 조국에게 물었다.

"생산성주도성장에 대해서 말씀해주시죠."

"예, 간단합니다."

조국의 잘생긴 얼굴에 웃음이 떠올랐다.

"곧 입법이 되겠지만 생산을 기준으로 임금, 고용이 평가되고 성장하는 것이죠."

그러고는 덧붙였다.

"노사간 협의에 우선해서 발효됩니다. 즉 회사는 생산을 기준으로 모든 임직원을 고용, 해직할 권리가 있고 임금을 조정할 수 있는 것입니다."

"뭐요?"

저절로 김명환의 입에서 외침이 터졌다.

"누구 맘대로?"

그때 조국이 빙그레 웃었다.

"이것으로 대한민국은 대약진, 재도약을 할 겁니다."

"아니, 이봐요!"

이번에는 김주영이 소리쳤을 때다. 정무수석 전병헌이 여야 위원석으로 다가가더니 웃음 띤 얼굴로 말했다.

"오늘 저녁에 한잔하시죠."

김정은 방한

김정은의 방한은 문재인의 생산성주도성장 정책을 발표한 이틀 후, 개성 회동 닷새 후에 발표되었다. 그래서 법안 발의에 강력히 반발하고 대규모 시위를 예고한 양대 노조가 주춤했다. 한마디로 또 당한 것이다. 이번에는 정면에서 맞았다. 청와대 대변인 박수현이 TV에 대고 말했다.

"김 위원장은 이박 삼일 일정으로 한국을 방문, 문 대통령과 정상 회담을 가질 예정입니다."

일정은 2018년 10월 25일. 역사에 남는 날짜는 이렇게 만들어진다, 그 때문에 지워지고 잊히는 사건, 사람도 생기고.

김정은은 개성을 통해 차량으로 내려왔다. 벤츠로 구성된 25대의 승용차와 17대의 버스로 구성된 대규모 대열이다. 개성 자유로 끝부분에서 기다리던 문재인이 김정은을 만나 간단한 인사를 마치고는 차량 대열이 자유로로 달려왔다. 문재인과 김정은은 뚜껑이 열리는 벤츠에 동

승하고 있다. 김정숙, 리설주가 함께 타고 있는 대형 벤츠는 문재인이
준비한 차다.

"장관이네."

전주의 화랑에서 조길호가 TV 앞에 앉아 감탄했다.

"저 차 좀 봐."

특히 김정은이 끌고 온 벤츠 25대가 시선을 끌었다. 모두 검정색, 대
형이다. 문재인이 끌고 간 차량은 모두 현대차다. 차량 대열이 60여 대
가 넘었기 때문에 장관이다. 자유로는 양국 원수의 차량들로 가득 찼다.
그때 김정은, 문재인이 탄 차량이 클로즈업되었다.

"이제는 통일이 되는갑다."

조길호의 목이 메었다. 오늘도 화랑에 나와 있는 초등학교 동창인 백
수 이영구가 이번에는 토를 달지 않았다. 홀린 듯이 TV만 본다.

백태진이 마침내 TV에서 시선을 떼고 말했다. 이곳은 대구.

"문재인이가 잘하네."

그때 옆에서 TV를 보던 박숙자가 고개를 끄덕였다.

"제일 낫네."

"뭐가?"

차량 대열은 자유로를 질풍처럼 달리고 있다. 박숙자가 대답했다.

"지금까지 대통령 중에서 젤 나아."

"차 많이 끌고 간다고?"

괜히 트집을 잡은 것이다. 그때 박숙자가 눈을 흘겼다.

"이렇게 국민 지지받는 대통령 있었어? 시내 나가 봐."

"…"

"그렇게 펄펄 뛰던 아래층 영기 아버지도 지금은 문빠가 되었어."

"…"

"나도 그래. 나도 문빠가 된 거야."

"이런 염병할."

백태진이 눈을 부릅떴지만 더 이상 말을 잇지는 않았다.

오후 3시 청와대의 환영식장, 연단에 문재인 김정은 부부가 섰을 때 예포가 울렸다.

"뺑! 뺑! 뺑!"

TV에 환영식 장면이 비치고 있다. CNN, NHK, BBC 등 외국 방송국에서도 이 장면을 다 찍고 있다.

문재인의 환영사다. 취임 후 3개월쯤은 탁현민이 이것저것 포즈까지 알려주었다. 어떤 때는 배우처럼 취급했기 때문에 문재인이 내보냈다. 특히 김정숙이 질색을 해서 탁현민을 쫓아내다시피 했다. 문재인이 오늘은 직접 쓴 원고를 읽는다.

"역사에 남을 날입니다. 오늘을 시작으로 삼고 더욱 성실하게 남북 화합을 위해서 일하겠습니다."

이것으로 끝이다. 탁현민이 연출했다면 레이저를 쏘고 문재인더러 눈물을 흘리라고 했을지 모르겠다. 그런데 이 소박하고 짧고, 감동적인 연설은 세계로 금방 퍼졌다. 왜? 짧고 쉬워서 번역하기도 좋았기 때문이다.

김정은이 나섰다. 긴장한 표정, 상기된 얼굴. 지금 북한은 대북제재 해제로 경제가 확 풀렸기 때문에 오랜만에 태평성대를 구가하고 있다. 수백 대의 카메라를 응시한 김정은이 입을 열었다. 이 장면은 한국인 전체, 세계에 생방송 중이다.

"나는 문재인 대통령님처럼 내 인민을 위해 다 내려놓겠습니다."

김정은이 번들거리는 눈으로 TV 시청자들을 보았다.

"문재인 대통령님이 저한테 모든 것은 끝이 있다고 말씀하셨습니다. 그렇습니다. 나는 욕심을 버리겠습니다."

고개를 든 김정은이 말을 잇는다.

"제 조부가 일으킨 6·25 전쟁을 사과드립니다. 그동안 저질렀던 수많은 도발, 근래의 천안함을 어뢰로 폭침시킨 것, 연평도 포격까지 모두 사과합니다. 잘못했습니다."

김정은이 어깨를 폈다.

"모두 내가 시켰습니다. 책임은 나에게 있습니다."

뒤쪽의 문재인이 숨을 죽였다. 저건 예상 밖이다. 달려가서 말리고 싶은 충동까지 일어났다. 저러지 않아도 되는데.

"어? 당신 울어?"

그 순간의 대구 달서구 한양아파트, 놀란 박숙자가 묻자 백태진이 손등으로 눈을 닦았다. 대답 안 한 것은 '그렇다'는 뜻이다. 지금 TV에는 김정은의 성명서가 발표되는 중이다. 그때 백태진이 말했다.

"영웅이다. 영웅이 나타났다."

"누가?"

박숙자가 물었지만 백태진은 대답하지 않았다. 누구긴 누구여?

여기는 전주, 지금도 화랑에 둘이 앉아 있다. TV는 김정은의 모습을 비춘다. 조길호와 이영구는 묵묵히 TV를 바라보는 중이다. 그때 조금 감정이 무딘 이영구가 말했다.

"김정은이가 통일 대통령이 될 모양여."

조길호는 어깨만 부풀렸고 이영구가 말을 이었다.

"지금 투표하면 김정은이가 대통령 될 거여."

이번에도 조길호는 대답하지 않았다. 너무 목이 메어서 입만 열면 울음이 터질 것 같았기 때문이다.

그때 김정은이 말을 이었다.

"이제 북남은 함께 발전할 것입니다. 남조선이 이끌어 주시기 바랍니다. 우리는 힘껏 따라가겠습니다."

이제는 김정은의 목소리도 떨렸다. 김정은도 울 것 같다.

그날 저녁, 청와대 만찬. 문재인, 김정은의 원탁에 양측의 주요 인사들이 둘러앉아 있다. 연회장에는 15개의 원탁이 놓였고 남북 귀빈 150명이 둘러앉아 있는 것이다. 문재인, 김정은의 원탁은 곧 헤드테이블, 주빈석이다. 주빈석에는 문재인, 김정은, 김정숙, 이설주, 넷에다 국무총리 이낙연, 북한 측 수행원 김영철, 비서실장 양정철이 앉아 있다. 양측 대통령과 위원장의 축사와 건배가 끝난 후에 식당 안은 화기애애한 분위기로 덮였다. 그때 문재인과 김정은이 귓속말을 나누더니 자리에서 일어섰다. 그러고는 함께 연회장을 나갔다. 그것을 모두 보았다.

잠시 후에 둘을 따라 나갔던 양정철이 나갔던 옆문으로 돌아오는 것을 모두 보았다. 그때 양정철이 한노총, 민노총 위원장인 김주영, 김명환에게 다가왔다. 둘은 3번 테이블에 앉아 있었기 때문에 중앙이다. 다가선 양정철이 둘에게 말했다.

"두 분이 뵙잡니다."

둘은 동시에 숨을 들이켰다. 두 분이라니, 문재인, 김정은이다. 자리에서 일어선 둘은 양정철을 따라 옆문으로 나갔다. 연회장 안이 조용해진 것은 그들을 주시하고 있기 때문이다.

옆방은 소파가 놓인 10평 규모의 휴게실이다. 나란히 앉아 있던 문재인과 김정은이 들어서는 김주영, 김명환을 보더니 자리에서 일어섰다.

"어서 오세요."

문재인이 먼저 둘을 김정은에게 소개했다. 긴장한 김주영과 김명환이 김정은과 인사를 마친 후에 앞쪽 자리에 앉았다. 좌우에는 김영철과 양정철이 앉았기 때문에 방 안에는 여섯이 둘러앉은 셈이다. 그때 김정은이 입을 열었다.

"앞으로 잘 부탁드린다는 말씀을 드리려고 제가 뵙자고 했습니다."

김정은이 둘을 번갈아 보았다.

"이제 곧 북조선 노동자들이 대거 남조선에 올 것입니다. 그들을 잘 선도해주시기 부탁드립니다."

"아니올시다, 오히려 저희가…."

김주영이 어깨를 움츠리며 말했고 김명환이 말을 이었다.

"이런 기회가 왔는데 저희들이 왜 돕지 않겠습니까?"

"감사합니다."

김정은이 감동한 표정으로 둘을 보았다.

"잊지 않겠습니다."

"같은 민족입니다."

어느덧 상기된 김명환이 말을 이었다.

"민족의 숙원인 통일이 앞당겨지고 있는 상황에 저희들이 돕지 않겠습니까?"

"그럼 북조선 노동자들이 민노총, 한노총에 가입하도록 해주시지요. 열심히 투쟁할 것입니다."

그 순간 김명환과 김주영이 동시에 숨을 들이켰다. 입을 벌리지는 않았다. 방 안이 조용해졌고 숨소리도 나지 않았다. 그때 문재인이 입을 열었다.

"위원장께서 갑자기 그런 말씀을 꺼내셨지만 두 분이 이렇게 호의적이시니 잘 될 것입니다."

문재인이 웃음 띤 얼굴로 둘을 번갈아 보았다.

"모두 민족을 위한 일이니까요."

생산성주도성장

김정은의 방한으로 가장 타격을 입은 것은 노조다. 민노총과 한노총, 거대 노조인 두 단체는 문재인 정권이 들어서자 더욱 강력한 세력을 과시하려던 참이었다. 그런데 문재인이 계속해서 사(社)측을 위한 행동을 하고 있는 것이다.

'노조조정법' '시위처벌법' 등은 노조 말살 정책인 것이다. 양대 노조가 들고 일어난 것은 당연지사다. 목숨을 걸고 나설 작정이었다. 그런데 아, 그 순간에 김정은의 방한이 일어났다. 김정은 방한 때문에 서울을 뒤덮으려던 150만 시위 계획이 막혀버렸다. 지금 시위를 한다면 1천5백만의 반(反)노조 시위가 일어날 테니까, 아니 노조에서도 이탈자가 생겨서 시위가 제대로 될지도 모르겠다.

"이런 시발."

민노총의 부위원장 박만수가 어깨를 부풀리며 집행위원장 강기철을 보았다. 둘은 민노총의 이번 시위 책임자다.

"이거, 김정은하고 문재인이가 짠 거 아녀?"

"아니, 무슨 말씀을 그렇게 하쇼?"

강기철이 눈썹을 모으고 박만수를 보았다.

"김정은 위원장이 이번 일을 공모했다는 말요?"

"아니, 그게 아니라."

"말이 그렇지 않습니까?"

"어이, 강 위원장, 왜 이렇게 성을 내?"

"말을 그렇게 하는 거 아뇨."

"뭐야?"

"김정은 위원장, 문 대통령을 그렇게 막 부르는 거 아니란 말야."

"뭐? '말야'? 너 나한테 반말해?"

"니가 반말하는데 난 못 해?"

"아니 이 새끼가?"

어깨를 부풀린 강기철이 머리통 하나만큼 작은 박만수를 내려다보았다.

"대가리를 팍 바숴 버릴까 보다."

강기철이 으르렁거리자 박만수는 숨만 쉬었다.

오늘은 김정은 방한 이틀째, 김정은은 현대자동차 울산 공장을 견학하고 있다, 문재인과 함께.

여기는 울산의 현대자동차, 민노총의 본산 중 하나인 현대자동차 공장은 김정은의 방문 직전까지는 뒤숭숭했다. 시위 준비를 하고 있었기 때문이다. 이미 전국에 '생산성주도성장' 선언이 다 퍼졌고 문재인이 노조는 '다 죽인다'라는 소문까지 난 상황이다. 그러나 김정은과 문재인이 공장을 방문한다니 막을 수는 없는 노릇이다. 오후 4시, 공장을 열심히 돌아다니던 김정은이 문득 멈춰서서 옆을 따르던 정몽구에게 묻는다.

"여기 동무들 연봉이 얼마나 됩네까?"

정몽구가 주춤하더니 대답했다.

"한 1억 가깝게 될 겁니다."

"1억이면 월급으로 얼맙니까?"

그때 그 옆에 서 있던 정의선이 대답했다.

"예, 월 8백 정도 될 것입니다."

"그렇다면 달러로 얼마인가?"

"예, 달러로 8천 불 정도가 됩니다."

그러자 김정은이 정의선을, 그다음에 정몽구를 나중에는 옆쪽의 문재인까지 보았다. 그러더니 입을 다물고 발을 떼었다.

공장의 귀빈실 안, 문재인, 김정은을 중심으로 정몽구, 정의선, 현대자동차 간부들, 그중 노조 간부도 몇 명 있다. 거기에 청와대 수석 몇 명,

장관 몇 명, 이렇게 수십 명이 둘러앉았다. 그때 김정은이 문재인에게 물었다.

"우리 인민들을 고용할 수 없을까요?"

문재인이 눈만 껌벅였을 때 김정은이 말을 이었다.

"연봉을 10분의 1만 받아도 되겠습니다. 우리 입장에서는 그것도 고맙지요."

모두 숙연했고 수행했던 북한 측 고위층들은 고개를 숙이고 있다. 그것을 기자 몇 명이 핸드폰으로 사진을 찍는다. 그때 문재인이 고개를 들고 조국을 보았다.

"조 수석, 방법이 없겠소?"

"국회에서 먼저 방법을 만들어줘야 될 것 같습니다."

따라온 기자들이 다 녹음하고 있다.

그것이 방송을 탔다. 귀빈실의 분위기까지 다 묘사되어 보도되었다. 김정은이 처량한 목소리로 '우리 인민들을 고용할 수 없을까요?' '연봉을 10분의 1만 받아도 되겠습니다. 우리 입장에서는 그것도 고맙지요' 하는 대사까지 보도되자 국민 모두가 감동했다. 처연한 심정까지 되었다. 방송에서는 계속해서 김정은의 목소리를 들려주었다.

대구의 백태진? 전주의 조길호? 그 둘한테 노조의 시위 계획 이야기를 해준다면 길길이 뛸 것이다. 이 상황에서, 이런 세상에서 '생산성주도 성장' 반대 시위를 해? 너희들 밥그릇만 챙기려고? 안 되지.

며칠 후에 국회에서 여당이 발의한 사업법(事業法)이 통과되었다. 재적 의원 278명 중 233명이 찬성했으니 헌법이라도 바꿀 수 있는 기세로 통과된 것이다. 사업법은 간단했다. 그것을 요약하면,

1. 사업주는 임금 인상과 인하, 고용인의 임면에 대한 결정권이 있다. 노조는 없다.
2. 고용인이 생산을 방해했을 때 사업주가 정직, 파면 등을 결정한다. 이것은 다른 법에 우선한다.
3. 노조가 생산을 방해한다고 사업주가 판단했을 때 사업주는 노조에 해산 통보를 하고 2일 안에 노조는 해산해야만 한다. 위반하면 사업법 위반으로 3년 이하의 징역, 각 개인은 1천만 원 이상의 벌금을 낸다.
4. 이 사업법은 사업주를 노조로부터 보호하는 법이다. 그래서 한시적이다. 그러나 상식에 어긋나는 사업주의 행태가 발생했을 때 '이의신청'을 할 수 있다. 이의신청은 특별재판부에서 즉시 판단한다. 이 사업법은 관계가 되는 모든 법에 우선한다.

사업법이 통과되고 나서의 반응은 뻔했다. 양대 노조는 펄펄 뛰었다. 분신자살, 화염병, 삭발, 할복 등이 거론되었지만 단 한 건도 일어나지

않았다. 광화문에서 몇십 명이 시위를 하다가 시민들의 야유를 받고 쏙 들어갔다. 그래서 사흘 후부터는 세상이 '사업법'을 중심으로 돌아갔다.

하극상

군(軍) 지휘관 회의. 청와대 대회의실 안, 모두 정복 차림의 별, 별, 별. 국방부 장관 정경두, 육·해·공군 참모총장들, 별들이 번쩍번쩍, 갖가지 제복이 휘황찬란, 청와대 안보실장, 차장들, 수석들. 이만하면 분위기가 압도적, 누가 압도 받는가?

문재인이 별들을 둘러보았다. 본래 문재인은 '별'과 인연이 없었고 관심도 없다. 대화가 통하지 않는 데다 시도할 생각도 없었다. 그것을 '별'들도 아는 터라 접근해 오지도 않았다. 그리고 지금은 태평성대다. 그 어느 정권보다도 남북간 군사적 긴장이 적었다. 다만, 문재인 집권 초반에 북한이 장거리 미사일을 서너 번 쏘았을 뿐이다. 그것을 오히려 미국과 일본이 떠들어댔을 뿐이다. 지금은 김정은이 왔다 간 상황이다. 과거사에 대해 사과까지 한 현실이다. 그 상황에서 지금 전군 지휘관 회의가 열리고 있는 것이다.

문재인이 입을 열었다.

"합참의장."

문재인이 부르자 앞줄 오른쪽에 앉은 별 4개가 고개를 들었다, 놀란 표정.

"예, 대장 김, 영, 진."

회의실 안에 물벼락이 쏟아진 듯 조용해졌다. 아마 별이 150개는 되었을 것이다. 별만 반짝이는 깊은 밤 같다. 모두의 시선이 김영진에게 쏠렸다. 이런 일은 처음이다. 아마 역대 대통령도 지휘관 회의에서 대놓고 '누구'를 부르는 일은 없었을걸? 그때 문재인이 말했다.

"존경하는 군인이 있으면 말해봐요."

"예."

대답부터 하고 난 김영진이 힘차게 말했다.

"이순신 장군입니다!"

"그분은 임진왜란 때 군인이시니까 한국군 중에서 말해봐요."

"예, 백선엽 장군이십니다!"

그때 문재인은 김영진의 이마가 번들거리는 것을 보았다. 문재인의 시선을 받은 김영진의 눈동자가 흔들렸다. 그때 문재인이 고개를 돌려 그 옆쪽 별 4개를 보았다. 육참총장이다.

"육참총장이 존경하는 군인은?"

"예, 6·25 때 3사단장이었던 김석원 장군입니다!"

육참총장이 기다렸다는 듯이 바로 대답했다. 문재인이 그 옆의 연합사 부사령관에게 물었다.

"부사령관은?"

"예, 저는 맥아더 장군입니다!"

그때 문재인이 어깨를 늘어뜨리고 별들을 보았다. 다시 회의실이 별이 뜬 깊은 밤이 되었다. 조용한 밤, 이윽고 문재인이 고개를 들고 물었다.

"박정희 장군은 없습니까?"

순간 문재인 뒤쪽에 앉아 있던 민정수석 조국은 회의실 안에 폭탄이 떨어진 것 같은 느낌을 받았다. 소리 없는 폭탄이 떨어져 다 소리 없이 죽인 것 같다, 별들을.

이윽고 문재인이 입을 열었다.

"지금은 남북 평화 시대가 도래했지만, 박정희의 용기, 결단, 애국심은 군인의 표상이라는 생각이 듭니다."

"…."

"나는 전임 대통령 박정희의 업적을 따를 테니까 여러분은 선배 박정희 장군을 존경하도록 하세요."

그리고는 문재인이 길게 숨을 뱉었다.

"내 주변을 설득해서 앞으로 광화문 광장에 이승만과 박정희의 동상을 세울 겁니다."

"하극상이었습니다."

회의를 마친 문재인을 집무실까지 따라 들어온 조국이 말했다.

"대통령께서는 군인들에게 하극상을 하라고 가르치신 것이나 같습니다."

"그래?"

쓴웃음을 지은 문재인이 털썩 자리에 앉더니 조국에게 앉으라는 손짓을 했다.

"너무 기가 죽었어."

"뭐가 말씀입니까?"

"군인 말야."

"전 그렇게 생각지 않습니다."

"자넨 졸병 생활 안 했지?"

조국의 시선을 받은 문재인이 말을 이었다.

"내가 군대 갔을 때는 좆으로 밤을 까라면 깠어. 무슨 말인지 아나?"

"예, 대통령님."

"지금은 까라면 전부 다 핸드폰 들고 즈그 부모한테 일러바칠걸? 아마 신문사에 전화하는 놈도 있을걸?"

"…"

"그게 군대야?"

"…"

"그거, 우리가 만들어 놓았다고, 인권이네 뭐네 해 가지고."

"대통령님, 전시(戰時)에는…."

"전시 좋아하네."

문재인이 풀썩 웃었다.

"이번에 하사관들이 참모총장이 반말한다고 소동 일으킨 것 들었지?"

"예, 그건…."

"하사관들은 직업 군인이야. 내가 잘 알아. 진짜 군인이지."

"…"

"전쟁이 나면 병사들을 지휘해서 선두에 서는 군의 핵심이야."

문재인의 두 눈이 번들거렸다.

"그 하사관들이 참모총장한테 대들었어. 그건 뭐라고 생각하나?"

"무시하는 것이군요."

"그래. 정치군인, 통치자 눈치만 보는 장교들을 무시하는 거지. 하사에서 상사까지가 장교들 무시하면 끝나는 거야."

"…"

"내가 김정은하고 친하지만 이런 약점을 보이면 안 된다고."

그러더니 문재인이 어깨를 부풀렸다.

"때로는 국가를 위해서 또는 군을 위해서 하극상도 할 수 있는 거야."

그때 문재인의 눈에 초점이 잡혔다.

"쿠데타는 말고."

다음 날 오전에 양정철이 문재인에게 말했다. 집무실 안.

"어제 지휘관들에게 한 말씀이 밖으로 새나가지는 않았습니다."

시선을 든 문재인에게 양정철이 말을 이었다.

"언론사에는 대통령님이 군 지휘관들에게 군기 확립에 대한 조언을 하신 것으로 발표가 되었습니다."

"…"

"국방부 대변인이 발표를 한 것이지요."

"…"

"어제 말씀은 지휘관들만 머릿속에 담아두고 있을 것 같습니다, 밖에 내놓기엔 부끄러운 일이니까요."

그때 문재인이 입을 열었다.

"군 장성의 정년을 75세로 연장하지."

"예?"

놀란 양정철이 눈을 크게 떴을 때 문재인이 말을 이었다.

"그리고 예편한 장성이 복귀할 수 있도록 법안을 고치도록 해야겠어."

"…"

"소신껏 일하다가 예편당한 장군이 많을 거야. 그런 장군들을 복귀시켜야 돼."

"…"

"북한을 봐. 70대 장군이 수두룩해. 인재가 정년 때문에 낭비되면 안돼. 그리고 더 중요한 것은…"

양정철은 말을 끝내기도 전에 고개를 끄덕였다. 복심인 양정철은 문재인의 속을 드려다 본 것이다. 강직한 장군을 다시 데려온다. 그리고 장군 같지 않은 장군, 정치장군의 처리는? 그때 문재인이 결론을 냈다.

"숙정을 해야겠지."

"뭐? 재입대가 된다고?"

버럭 소리친 임재규가 핸드폰을 귀에 바짝 붙였다. 요즘은 청력이 시원찮아서 음량을 높여도 잘 안 들린다. 자연스럽게 목소리도 커진 것이 문제, 그때 장석천의 목소리가 울렸다.

"응, 법안이 곧 통과된다는 거야! 장군급은 75세까지! 영관급은 70세!"

"그럼, 나도 되겠네?"

임재규는 현재 67세, 58세 때 준장으로 예편한 후에 연금을 받아먹고 있다.

"그럼, 67살에 준장으로 복귀가 된단 말이지?"

오후 5시, 집 안에는 혼자뿐이어서 임재규가 마음 놓고 소리쳤다.

"그래. 앞으로 8년은 더 근무할 수 있는 거지, 물론 심사에 통과해야 겠지만."

"넌, 어떻게 할 거야?"

"난 신청할 거야."

장석천은 육사 동기로 동갑이지만 대령으로 예편했다. 영관급은 70 세까지 재입대가 된다니 3년이 남은 셈이다. 장석천이 말을 이었다.

"난 좌파 정권에 당해서 예편되었어. 이번에 복귀할 자격이 있다고!"

"…"

"문 대통령의 뜻을 받들어서 국군을 제대로 세울 거다. 아예 목숨을 바칠 거야."

"너보다 새까만 후배 밑에서 연대장급으로 시작할래?"

"나이가 대수냐? 북한을 봐라!"

장석천이 버럭 소리쳤다.

"80살이 넘은 장군이 수두룩해! 젊은 인력을 낭비하는 것이라구!"

"맞는 말이다."

임재규가 심호흡을 했다. 임재규 또한 좌파 정치권의 압력으로 소장 진급을 못 하고 예편한 것이다. 기회가 온 것인가?

조국에 다시 봉사할 기회를 문재인이 펼쳐준 것인가? 문재인이?

사회당

김정은이 귀국한 지 10일 후에 '사회당'이 창당되었다. 그야말로 전광석화 같은 창당, 물론 안철수의 국민의당을 기반으로 한 사회당이다. 처음에는 사회민주당으로 했다가 더불어민주당이 발광을 하는 바람에 민주를 떼어버린 것이다. 그런데 사회당은 각각 자유한국당, 바른정당에서 27명, 더불어민주당에서 19명이 탈당, 가담하여 의석수 85명의 원내 제2당이 되었다. 더불어민주당은 102명, 자유한국당이 84명, 바른정당이 15명이다.

물론 문재인이 사회당 창당을 기획, 집행하기까지 했다는 것은 세상이 다 아는 사실. 그래도 문재인은 더불어민주당을 탈당하지 않고 당적을 지켰다. 그래서 세간에는 문재인이 양대(兩大) 당의 지도자라 불리었다. 보라, 원내 의석수 1, 2위의 더불당, 사회당 의원 187명을 지배하는 대통령인 것이다.

그러니 당장에 소문이 났다, '문재인이 헌법을 개정해서 종신 대통령이 되려 한다'고.

사회당에는 민노총, 한노총, 전교조, 전공노 등 노조원들이 대거 가입했다. 안철수가 다 받아들였기 때문이다.

거기에다 운동권 세력들이 빠짐없이 가입했는데 그것은 안철수가 당강령으로 '남북간의 대통합을 위한 사회당'이라고 내걸었기 때문이다. '친북노선'이었던 운동권이 사회당을 외면한다는 것은 자신이 위선자였음을 밝히는 것이나 같지 않겠는가? 그리고 사회당은 대한민국 역사상 처음으로 '친북'을 받아들인 정당이기도 했으니까.

그러니 정권 초기부터 삐걱거리다가 생산성주도성장, 사측 위주의 법안 통과 등으로 폭발 직전에 이르렀던 노조와의 갈등이 가라앉았다. 물론 다 식은 것은 아니다. 노사갈등이 언제 식은 역사가 있나? 투쟁의 역사가 노조를, 세상을 바꿔 왔는데.

"이 정도면 국회는 당분간 놔둬도 되겠지?"
문재인이 묻자 양정철이 정색했다.
"예, 균형이 잘 잡힌 셈입니다."
집무실 안, 오늘은 양정철, 조국까지 셋이 둘러앉아 있다. 문재인은 특별한 일 외에 전반적인 비서실 업무는 비서실장 임종석에게 맡겨 처리하고 있다. 고개를 든 문재인이 조국을 보았다.

"조 수석, 안 대표를 찾아가서 북한을 방문해 보라고 해."

그때 놀란 듯 양정철이 고개를 들었지만 입을 열지는 않는다.

"무슨 일로 말입니까?"

조국이 묻자 문재인이 정색했다.

"북한 근로자 파견 문제."

"아."

"지난번 김 위원장의 육성이 국민들을 감동시킨 여운이 아직 가시지 않았을 거야. 그걸 협의해봐."

"예, 대통령님."

"물론 안 대표가 북한으로 가기 전에 기업들이 북한 근로자를 얼마나 수용할 수 있는지, 임금수준은 어떻게 될지 등을 협의하고 가야겠지."

"그렇지요."

"그때 조 수석도 같이 가고. 조 수석이 그 일을 맡아."

"예, 대통령님."

"매스컴을 탈 기회야."

"그렇습니다."

이 대답은 양정철이 했다. 당사자가 아니니까 이런 대답이 술술 나온다. 고개를 끄덕인 문재인이 말을 이었다.

"김 위원장이 임금은 10분의 1만 받아도 된다고 했지만 그럴 수는 없겠지."

"그럼요."

조국이 대답했다.

"하지만 엄청난 효과를 낼 것입니다."

"이것이 사회당의 첫 업적이고 통일의 첫걸음이야. 안 대표가 열심히 할 거라고."

문재인이 고개를 끄덕이자 둘은 자리에서 일어나 방을 나갔다.

그런데 방을 나갔던 양정철이 10분쯤 후에 혼자 돌아왔다. 문재인의 시선을 받은 양정철이 앞에 서더니 말했다.

"더불어당 쪽에서 서운해하지 않겠습니까? 소외감을 느낄 텐데요."

"그러겠지."

"사회당이 그 일에 적격이긴 해도 더불어당 중진 몇 명은 함께 방북시켜야 할 것 같습니다."

"몇 명 골라봐."

"보고 드리겠습니다."

그래놓고 양정철이 덧붙였다.

"물론 비밀리에 추진하겠습니다."

고개를 끄덕인 문재인이 양정철을 보았다.

"2년 되었나?"

취임 2년 되었냐고 묻는 것이다.

"예, 대통령님."

"벌써 그렇게 되었군."

"예, 세월이 참 빠릅니다."

"내가 많이 변했지?"

문재인은 양정철에게만 이렇게 묻는다.

벌써 100번도 더 물었을 것이다. 양정철이 정색하고 문재인을 보았다.

"그렇습니다."

그래 놓고 항상 이렇게 덧붙인다.

"하지만 대통령님은 아주 잘하고 계십니다."

아, 조국 ①

"딸 문제가 심각한가?"

문재인이 불쑥 물었더니 조국이 주춤했다. 오전 10시 반, 민정수석 조국이 집무실로 들어와 보고를 마친 후다. 2019년 6월, 문재인 정권이 출범한 지 딱 2년, 대통령 지지율이 60퍼센트를 유지하고 있는 태평성대다. 태평성대란 집권에 걸림돌이 없는 상황을 말한다. 그런데 문재인의 심복, 청와대의 제2인자인 민정수석 조국의 주변에서 터지는 추문, 딸의 부정 입학, 부정 추천서 문제, 또 집안 문제, 투자 문제가 언론에 보도되고 있다. 조국이 정색하고 문재인을 보았다.

"곧 수습하겠습니다."

"신문 보니까 시끄럽던데."

"예, 마무리할 겁니다."

집무실 안에는 둘뿐이다. 조국이 말을 이었다.

"심려를 끼쳐드려서 죄송합니다."

"아니 죄송할 건 없고."

문재인이 지그시 조국을 보았다.

"벌써 2년이 되어 가."

"아직 3년 남았습니다."

"세월이 금방 가네."

"그렇습니다."

"한 일도 없는데 말야."

"그동안 많은 업적을 이루셨습니다."

"끝이 좋아야 돼."

"제가 끝까지 매듭을 짓겠습니다."

"그래야지."

고개를 끄덕인 문재인이 말을 이었다.

"여기서 법무장관으로 나갔다가 기반을 굳힌 후에 당으로 들어가면 되겠지."

"저는 과분합니다."

"요즘 떠도는 소문이나 막도록 해."

"예, 최선을 다하겠습니다."

조국이 깊숙이 고개를 숙였다.

"조국이 너무 시끄러운데."

그날 밤, 저녁식사를 마친 문재인이 거실로 들어섰을 때 김정숙이 말했다.

"가족의 학교 문제, 주식 문제, 자식들 입학 문제. 아유, 어지러워."

앞쪽에 앉은 김정숙이 문재인을 보았다.

"조국이 한마디 할 때마다 당신 지지율을 몇 퍼센트씩 떼어가고 있어. 이젠 그만 놔주는 게 어때?"

"…."

"당신이 무슨 약점이 잡혔다는 말까지 떠돌고 있어."

"…."

"당신이 그러니까 조국도 그딴 일이 별거 아니라고 생각한다는 말도 떠돌고…."

"별걸 다 읽었네."

"사방에서 떠들고 언론은 다 그렇게 써대는데 내가 눈멀고 귀먹었어?"

김정숙의 얼굴이 상기되었다.

"덕분에 나까지 욕 먹고 있어."

"누가?"

리모컨으로 TV 채널을 고르던 문재인이 고개를 돌려 김정숙을 보았다.

"누가 당신을 욕해?"

"시끄러. 하나둘이어야지. 어쨌든."

김정숙이 어깨를 부풀렸다가 내렸다.

"조국을 그냥 내보내. 그리고 다른 사람을 키워. 앞으로 2년이나 남았잖아, 아니 3년이네."

그 시간에 조국은 청와대 후문 근처의 한식당 '아리랑'의 방 안에서 소주를 마시고 있다. 앞에 앉은 사내는 행정관 이광철, 복심이다. 술잔을 든 조국이 흐려진 눈으로 이광철을 보았다.

"어떻게 수습해야 할지 모르겠어."

이광철은 듣기만 했고 조국이 말을 이었다.

"이렇게 시간만 끌다가는 대통령께 누만 끼칠 것 같다."

조국이 한 모금 술을 삼켰을 때 문이 열리더니 최강욱이 들어섰다. 민정수석실 산하 반부패 비서관. 이번에 최강욱도 가짜 인턴 증명서 발급으로 언론이 떠들고 있다. 방 안 분위기를 눈치챈 최강욱이 잠자코 이광철 옆자리에 앉는다. 방음 장치가 잘된 방은 조용하다. 그때 고개를 든 조국이 최강욱을 보았다.

"미안해, 당신까지 끌어들여서."

"그런 말씀 마십시오."

정색한 최강욱이 고개까지 저었다. 법무법인 '청백' 변호사였을 때 최강욱은 조국의 아들에게 허위 인턴증명서를 떼어줬다는 혐의를 받고 있다. 이광철이 따라준 소주를 한 모금에 삼킨 최강욱이 조국을 보았다. 두 눈이 번들거리고 있다.

"우리는 잘못한 것 없습니다. 저는 절대로 여론에 밀리지 않을 것입니다."

최강욱이 말을 이었다.

"분합니다. 그리고 억울합니다."

조국은 앞쪽을 응시한 채 대답하지 않았다. 담담한 표정이었지만 앞에 앉은 둘은 조국의 심정을 읽을 수가 있었다. 속이 시커멓게 타 있을 것이다.

"제가 서둘러 수습을 하겠습니다."

이틀 후 조국이 업무 보고를 마치고 나서 가볍게 말했다. 문재인이 고개를 들었을 때 조국이 말을 이었다.

"제가 저질러 놓은 일이 좀 많습니다. 이대로 나간다면 대통령님께 누가 될 것 같습니다."

문재인은 시선만 준다. 대통령 집무실 안, 방 안에는 둘뿐이다. 독대, 대통령 독대를 한 번도 못 하고 그만둔 장관도 있지만 조국은 2년 동안 300번은 했을 것이다. 이러니 정(情)이 안 들 수가 없지. 이승만 대통령 시절인가? 그때 경무대(현 청와대)에서 똥 푸던(그때는 수세식이 아니어서) 인부가 지방에 나갔다가 그곳 경찰서장의 칸보이(호위)를 받고 돌아다녔다는 전설이 있었지. 사실일 것이다. 그만큼은 못하지만 지금의 청와대도 위세가 있다. 조국의 위세는 본인이 겸손을 떨어도 주변에서 알아주니 당연히 제2인자로 치솟은 상태, 안 그런가? 2년 동안 거의 맨날 독대하는 2인자, 만일 그 2인자가 문재인한테 '저기, 그 사람 좀 그런데요…' 식으로 한마디만 하면 어떻게 되지? '그 사람 큰일 낼 사람입니다.' 하면?

그래서 이렇게 되려고 노력하겠지, '그 사람 훌륭한 사람입니다.'라고.

호가호위는 외부에서 절반 이상이 만들어지는 법이다. 그때 조국이 입을 떼었다.

"반정부 세력이 저 때문에 결속하는 분위기입니다. 저 하나로 대통령님께서 대업을 이루시는 데 방해가 되면 안 되겠지요."

"거, 참, 말 길게 하네."

입맛을 다신 문재인이 조국을 보았다.

"적극적으로 해명을 해보지그래?"

"그들한테 빌미만 줄 뿐입니다. 더구나."

조국의 얼굴에 쓴웃음이 번졌다.

"대통령님 대신으로 언론이 저를 타깃으로 만들고 있는데 이렇게 나가면 대통령님께 불똥이 튑니다."

문재인이 외면했다. 그런 말 안 해도 다 안다. 맨날 조중동문을 다 읽고 있는 것이다. 유튜브도 10개 선정해 놓고 화장실에서 듣는다. 때려죽일 놈들, 내 이름을 이웃집 개 부르듯이 막 부르고. 그때 조국이 번들거리는 눈으로 문재인을 보았다.

"대통령님, 며칠만 기다려주십시오."

"잠깐."

문재인이 똑바로 조국을 보았다.

"이봐, 그 문제들 말야."

"예, 대통령님."

"딸 문제, 아들 문제, 사모펀드인지 뭔지 하는 문제, 또 다른 것…."

숨을 고른 문재인이 말을 이었다.

"법적으로 문제없겠지? 내가 무슨 말 하는지 알지?"

"예, 압니다."

"법적으로 문제없지?"

"예, 없습니다. 대부분이 관행이었습니다만 떳떳하지는 못합니다."

"그럼 법무장관으로 나가."

문재인이 마침내 결심했다. 정색한 문재인이 말을 잇는다.

"나가서 정정당당히 싸워. 잘못한 것 있다면 사과하고."

"…."

"이대로 물러나면 안 돼, 당신이나 나도."

문재인의 눈동자가 흐려졌다.

"이 사람아, 힘을 내. 힘을 내서 싸우라고."

그날 밤 집에 돌아간 조국이 울면서 정경심에게 말했다.

"내가 아무래도 대통령님께 누를 끼치게 될 것 같아."

밤 11시 반, 침실 안이다. 조국의 이야기를 차분하게 듣고 난 정경심이 길게 숨을 뱉었다.

"어쩌지? 법에 걸릴지도 몰라."

"글쎄, 난 대통령께 법적 문제는 없을 것 같다고 말씀드렸는데…"

눈물을 닦은 조국이 정경심을 보았다.

"내가 너무 욕심을 부린 것 같아."

"뭘?"

"아이들 문제."

"다 그래."

"그래도 나는…"

"기운 내."

"내가 이렇게 될지는 몰랐어."

"당신이 결정해."

마침내 정경심이 말했다. 정경심은 결심이 빠른 편이다.

"책임은 나도 질 테니까. 당신만 당하게 하지는 않겠어."

다음 날 오후 7시 반, 조국이 청와대 후문 근처의 '런닝'카페에 들어섰다. 이곳은 조국의 단골집으로 주인인 김 여사가 언제나 밀실을 준비해

준다. 비밀 보장은 물론이다.

"안에서 기다리고 계세요."

카페의 홀에 젊은 남녀 한 쌍이 앉아 있었지만 김 여사가 목소리를 낮추고 말했다.

"오신 지 10분쯤 되셨어요."

고개를 끄덕여 보인 조국이 안쪽 밀실로 들어섰다. 그러자 테이블에 혼자 앉아 있던 사내가 자리에서 일어섰다. 거구다. 서울 중앙지검장 윤석열이다.

윤석열

"아, 조 수석님."

윤석열이 웃음 띤 얼굴로 손을 내밀었다.

"아이구, 선배님, 기다리셨네요."

조국이 윤석열의 손을 쥐고 고개를 숙였다. 조국이 1965년생, 윤석열은 1961년생이다. 윤석열이 서울대 법대 3년 선배, 조국은 1982년에 입학했고, 윤석열은 1979년이다. 둘 다 수재였다. 둘이 자리 잡고 앉았을 때 먼저 조국이 입을 열었다.

"이번에 검찰총장 내정되신 것, 축하합니다."

"아니, 내가 능력이 있어야지."

사석이고 둘이 있는 터라 윤석열이 말을 놓았다. 앞에 놓인 생수병 마개를 따면서 윤석열이 길게 숨을 뱉었다.

"중앙지검장에서 바로 올라가는 것도 그래."

"그게 어때서요?"

조국이 고개를 저었다.

"전혀 이상하지 않습니다. 그리고 다 인정하고 있고요."

윤석열은 2017년 5월에 중앙지검장이 된 후에 지금 2년이 넘었다. 임기가 2년이니까 옮길 때가 된 것이다. 조국이 말을 이었다.

"대통령님 말씀을 전하려고 온 겁니다. 믿고 맡기시겠다고 하셨어요."

"하, 그것 참."

"그동안 잘하셨어요. 저도 자랑스럽습니다, 선배님."

"근데 조 수석, 요즘 괜찮아?"

마침내 윤석열이 물었다. 어느덧 얼굴이 굳어 있다. 조국이 윤석열의 시선을 받았다.

"뭐가 말입니까?"

"요즘 분위기."

"죽겠어요."

"나도 가슴이 아파."

"사퇴하겠다는데 대통령께서는 싸우라고 하시는군요."

"…."

"그 심정을 이해는 해요."

고개를 든 조국이 쓴웃음을 지었다.

"제가 법에 저촉되는 일은 안 했다고 말씀드렸거든요."

"근데 했어?"

"좀 있는 것 같습니다."

윤석열이 어깨를 부풀렸다가 내렸다. 그때 조국이 불쑥 물었다.

"선배님 생각은 어떠세요?"

"뭘?"

"곧 검찰총장이 되실 텐데, 제가 법무장관이 되는 것 말씀입니다."

"이런."

윤석열이 눈을 크게 떴다.

"그게 어때서?"

"불편하지 않겠어요?"

"대통령도 나이순으로 하나?"

"난 청문회 때 걸릴 것 같아요."

외면한 조국이 말을 잇는다.

"언론이 벌써부터 다 까발리고 있어서 청문회 되기 전에 이미 만신창이가 되어 있겠지요."

"…"

"아마 그전에 내 동생이나 와이프가 기소될지도 모르겠고요."

"…"

"그렇게 만신창이가 된 상태로 장관이 되면 뭘 합니까?"

고개를 든 조국이 흐려진 눈으로 윤석열을 보았다.

"제가 기소될지도 모른다고 대통령님께 말씀드리고 사퇴해야겠습니다."

"잠깐, 조 수석."

윤석열이 생수병을 움켜지고 조국을 보았다.

"쫌만 기다려봐."

"왜요?"

"아, 글쎄, 쫌만 기다려. 내가 알아보고 연락할게."

조국은 시선만 주었지 대답하지 않았다, 사람은 가끔 말하면서 결심을 하기도 하니까.

윤석열은 며칠간 청문회 때문에 바빴다. 예상한 대로 무난하게 청문회를 통과하고 검찰총장 취임식이 끝난 며칠 후, 2019년 7월 말쯤 되었나?

이곳은 법무부 검찰국장실, 이번에 대검 반부패강력부장에서 검찰국장이 된 이성윤이 윤석열의 전화를 받는다. 이성윤은 1962년생, 윤석열보다 한 살 어리지만 관운이 있다. 윤석열과 사시 동기, 거기에다 문재인의 경희대 후배다. 호가호위? 그럴 인물은 절대 아니다. 이 경우도 주변에서 알아서 챙기기 때문에 그런 말이 나오는 것이지.

"야, 좀 보자."

윤석열이 대뜸 말하자 이성윤이 되물었다.

"왜?"

"아, 글쎄 좀."

전에 노무현 시절에 이성윤은 문재인과 함께 청와대에서 근무했다. 그 후광까지 겹치는 바람에 사람들이 알아서 챙겨 준다.

"오늘 순창순댓국집으로 와, 7시."

윤석열이 밀어붙이듯 말하자 이성윤이 입맛 다시는 소리를 냈다. 항상 이렇다.

7시, 역삼동 골목의 순창순댓국집. 이 집은 윤석열, 이성윤 등의 안가다. 후문이 있어서 남의 눈을 피할 수 있고 주인이 알아서 챙겨준다. 윤석열이 방으로 들어섰더니 앉아 있던 이성윤이 고개를 들었다.

"아이구, 총장님."

"너, 일어나서 인사 안 해?"

"웃기네."

앞쪽에 앉은 윤석열이 지그시 이성윤을 보았다. 여기서도 부르지 않으면 주문을 받지 않는다.

"야, 조 수석 어떻게 될 거 같냐?"

"내 그럴 줄 알았어."

물 잔을 든 이성윤이 정색했다. 이성윤은 조국에 대한 사건을 직접 들여다볼 수 있는 실무 책임자였다. 이성윤이 말을 이었다.

"힘들어. 기소될 거 같아."

"본인도 그러더군."

"부인 정경심 씨도 걸릴 것 같아."

"그럼 대통령한테까지 타격이 가는데."

"본인이 사퇴하는 것이 나아."

"그런데 대통령님이나 조 수석이나 둘 다 마음이 약해서."

윤석열이 혀를 찼다.

"대통령님은 조 수석을 후계자로 밀어붙이려는 모양이야."

"안됐어."

이성윤도 혀를 찼다.

"조 수석한테 사표 내고 도망가라고 해."

"도망?"

"대통령이 못 잡게."

"그게 되나?"

"처음엔 대통령이 화를 내겠지만 시간이 지나면 그것이 충심이었다는 걸 알겠지."

그러더니 이성윤의 눈빛이 흐려졌다.

"시발, 우리가 뭉개는 시대는 지났어."

고개를 끄덕인 윤석열이 그때서야 벨을 눌렀다. 순댓국 시켜야지.

"도망가시죠."

다음 날 저녁, 조국에게 윤석열이 말했다. 이곳은 청와대 후문 근처의 '런닝'카페, 오늘도 둘은 밀실에서 마주 앉아 있다. 어깨를 부풀렸다가 내린 윤석열이 말을 이었다. 오늘은 존댓말을 쓴다.

"그것이 최선인 것 같습니다, 그럼 당장 분위기가 시들해져서 관심 밖으로 밀려나게 될 테니까요."

조국은 고개만 끄덕였고 윤석열이 생수병을 들더니 두 모금을 삼켰다.

"대통령님은 안타깝게 생각하시겠죠. 하지만 내막을 잘 알고 있는 조 수석이 결단을 내려주셔야겠지요."

"알겠습니다. 맞는 말씀입니다."

조국이 번들거리는 눈으로 윤석열을 보았다.

"신경 써주셔서 고맙습니다, 선배님."

"지금까지 조 수석이 잘해주셨어요. 지금까지의 공적만으로도 조 수석은 역사에 남으실 겁니다."

윤석열이 말을 이었다.

"조 수석이 지금까지 대통령님 그늘에서 모든 국정을 도와드린 것을 모르는 사람이 있겠어요?"

조국이 숙였던 고개를 들더니 입을 열었다.

"감사합니다. 선배님, 이제 저도 마음을 정했습니다."

조국이 도망(?)간 것은 그다음 날이다. 아침에 출근한 조국이 이광철을 부르더니 편지 봉투를 내밀었다.

"이거 받아."

"뭡니까?"

이광철이 조심스럽게 묻자 조국이 빙그레 웃었다.

"사직서야. 그거 대통령님께 드려."

조국이 이광철이 쥐고 있는 봉투를 눈으로 가리켰다.

"안에 편지도 들어 있어. 대통령님한테 편지 꼭 읽으시라고 해."

"수석님."

"그동안 고생 많이했어. 미안해."

"수석님."

"비서란 다 그런 거지, 그늘에 숨어서 도와드리는 것이 사명이니까. 그것으로 모시는 분이 잘되면 만족하는 거지."

"저는 어떻게 합니까?"

"자네는 남아서 내 몫까지 해야지. 흔들리지 말고 지금처럼만 해, 대통령님이 인정해주실 테니까."

그러고는 조국이 자리에서 일어섰다.

"난 대통령님 만나지 않고 지금부터 도망갈 거야."

저고리를 집어든 조국이 잘생긴 얼굴을 펴고 환하게 웃었다.

"기뻐, 행복해, 대통령님을 이만큼 빛내 드리고 도망가게 되어서."

이런, '도망' 단어가 또 나왔네. 그 말은 윤석열이 내놓았지? 이성윤
인가?

아, 조국 ②

문재인이 조국이 보낸 편지를 읽는다.

'대통령님께서 베풀어주신 은혜를 어떻게 다 갚겠습니까? 하지만 제가 이렇게 물러나는 것만이 대통령님 부담을 덜어드린다고 판단했습니다. 그렇게 결심했더니 하염없이 눈물만 흘렀습니다. 어젯밤, 그 결심을 하고 처와 함께 울었습니다. 대통령님, 제 불찰이었습니다. 제가 잘못했습니다. 부디 건강하십시오. 퇴임하시면 제가 다시 모시겠습니다. 조국 올림.

추신, 이광철을 저처럼 밀어주시고 이성윤에게 검찰을 지휘하도록 하시고, 윤석열에게 대업을 맡겨 주시기를 바랍니다.

다시 한번 건승을 두 손 모아 빕니다.'

다 읽고 난 문재인의 눈에 눈물이 고였다. 그래서 편지를 든 손등으로 눈물을 닦다가 앞에 선 이광철에게 말했다.

"휴지."

다음 날, 조국이 도망갔다는 뉴스가 순식간에 전 언론에 도배가 되었다. 별놈의 소문이 다 났다. 외국으로, 또는 중국, 북한으로 갔다고 떠드는 놈도 있었다. 그렇게 닷새쯤 지났을까? 양은 냄비의 물이 금방 끓었다가 식는 것처럼 전 국민의 관심이 멀어졌을 때가 닷새다.

닷새 후, 조국이 KBS 인터뷰에 잡혔다. 방배동 마트 앞에서 시장바구니를 든 모습이다. 조국이 시장바구니를 든 채 인터뷰를 했다. 그것이 편집을 좀 했겠지만 9시 뉴스에 나왔다. 조국이 꺼칠한 얼굴로, 그러나 차분하고 맑아진 표정으로 말했다.

"국민 여러분께 심려를 끼쳐 죄송합니다. 다 제 잘못입니다. 제가 잘못했습니다. 그래서 죗값을 받고 당분간 자숙하면서 살겠습니다."

그러고는 허리를 기역자로 꺾으면서 절을 할 때 바구니에서 대파와 양파가 빠져나와 땅바닥에 떨어졌다.

그것을 본 백태진의 처 박숙자가 어깨를 부풀리며 시근거렸다.

"조국이 머를 그렇게 잘못했노? 웬 별 문디 같은 놈들이 조국이를 못 잡아 묵어서 지랄들이노?"

그 절반쯤은 옆에 앉아 있는 백태진에 대한 욕이다. 백태진이 오늘은 웬일인지 가만있었기 때문에 박숙자가 더 쏟아 내었다.

"지 자식 잘되라고 알바 보내는 기 무신 잘못이노? 그럴 능력도 없는 놈들이 빙신이제."

그때 백태진이 자리에서 일어나는 바람에 박숙자가 주춤했다. 백태진은 화장실로 갔다.

전주? 오늘도 텅 빈 화랑에서 조길호와 이영구가 TV를 본다. 조국의 바구니에서 대파와 양파가 떨어졌을 때 둘은 동시에 한숨을 쉬었다.

"쟈가 관운이 없는가?"

이영구가 묻자 조길호는 고개를 기울였다.

"그건 아닌 것 같은디."

"앞으로 끝난 건 아니것지?"

"아, 그럼."

"쟈가 대통령 돼야는디."

"너도 그렇게 생각허냐?"

조길호가 부드러운 시선으로 이영구를 보았다.

"너, 술 안 먹었지?"

"안 먹었어. 아침에 막걸리 두 잔 먹고."

"쟈가 대통령이 되어야 혀."

어느덧 조국은 TV에서 사라졌지만 조길호가 TV를 응시한 채 말을 이었다.

"인자 한 달만 지나면 다 잊어삐릴 틴디."

그 뒷말이 이어지지 않았지만 이영구는 묻지 않았다. 같은 심중이겠지.

"너 학교 안 가?"

조국이 묻자 조민이 주춤했다. 아파트 안, 오전 9시, 마침 집 안에는 둘뿐이다. 아파트는 조용하다. 정경심, 조원은 모두 학교에 갔다. 조국은 조금 전에 토스트로 아침을 챙겨 먹고는 소파에 앉은 참이다. 조민이 다가와 옆쪽에 앉았다. 화장기가 없는 얼굴이 파리했고 눈동자는 흐리다.

"아빠, 나 어제 휴학계 냈어."

눈만 크게 뜬 조국을 향해 조민이 말을 이었다.

"쉴 거야. 하지만 내가 능력이 모자라거나, 부끄럽거나, 또는 학교가 싫어서 그러는 건 아냐."

"…"

"그동안 아빠 엄마가 나를 위해 희생해줬으니까 이번에는 내 차례야."

조민이 조국을 향해 활짝 웃었다.

"나도 다 컸어. 내가 내 앞길 정리하고 결정할 수 있는 나이야."

"…"

"내가 그만두면 사람들이 이해할 거야."

"민아."

"아빠, 그동안 고생했어."

"민아."

"아빠, 사람들한테 말해. 내 딸이 다 내려놓았다고, 내 딸이 내 죄를 다 가져갔다고."

조민의 말이 점점 맑아졌고 열기가 띠어지는 것과는 반대로 조국의 얼굴이 일그러졌다. 이윽고 조국이 고개를 돌렸고 방 안에 정적이 덮였다.

그날 오후 3시 반, 조민이 방배동 마트 앞에서 기자 회견을 했다. 마트 건너편 주차장이다. 이번에는 조민이 이곳으로 기자들을 부른 것이다. 그야말로 기자들이 구름처럼 몰려왔고 조민이 고용한 용역회사 직원들이 현장 정리를 했다. 조민은 단정한 검정색 정장 차림이다. 맨땅에 똑바로 선 조민이 허리를 꺾어 절을 하더니 카메라를 보았다. 그러더니 다음 순간 '퍽' 울었다. 금세 눈물이 폭포처럼 쏟아졌고 어깨가 들썩였다. 흐느낌, 카메라 플래시가 번개처럼 터졌지만 모두 침묵. 대특종, 저 눈물, 저 분위기, 기자들은 속으로 미칠 듯이 환호했을 것이다. 그때 5초쯤 울던 조민이 입을 열었다.

"제가 오늘 아침에 아버지께 말씀드렸어요."

딸꾹질을 한 조민이 또렷한 목소리로 말을 이었다.

"아버지께서 저 때문에 불법을 저지르셨고 이렇게 되셨으니 이제는 제가 아버지를 위해서 다 내려놓겠다고요."

손끝으로 눈물을 닦은 조민의 목소리가 주차장을 울렸다.

"저, 학교 휴학했지만 그만 다니겠어요. 여러분, 우리 아버지 용서해주세요. 아버지는 다 아버지 잘못이라고 하셨지만 제가 부족했어요. 용서해주세요."

그러고는 조민이 허리를 숙여 절을 했다.

그것을 문재인도 보았다. 문재인은 조민이 처음 눈물을 쏟았을 때부터 눈이 붉어져 있었는데 조민이 '아버지를 위해서 다 내려놓겠어요' 한 대목에서부터 울었다. 옆에 윤건영이 서 있다가 엉겁결에 따라 울었다. 당황한 윤건영은 몸을 돌려서 울었기 때문에 목소리만 들었다. 조민의 '성명'이 다 끝났을 때 너무 울어서 염치가 없어진 문재인이 한마디 했다.

"어, 잘 울었다."

전주? 조길호와 이영구는 화랑 근처 '금미옥'에 와 있었다. 장사도 되지 않았기 때문에 소주 1병에 3천 원만 받고 안주는 공짜로 주는 식당에서 낮술을 마시는 중이었다. 5평쯤 되는 식당에는 손님이 10명쯤 있였다. 그들과 함께 TV를 보던 조길호는 눈물을 닦다가 문득 당비를 내야겠다고 생각했다. 왜 그런 생각을 했는지 모르겠다. 조민의 아버지 조국이 더불당이니까? 아니지, 문재인이 더불당이기 때문이지. 요즘 조국 땜시로 문재인 지지율이 쬐까 떨어진 것에 대한 보상이기도 하고. 지난번 달마 그림을 팔아서 감춰둔 돈을 쓰기로 하자. 어느덧 조민의 발표는 끝났지만, 식당 안은 감동의 분위기로 덮여 있다. 식당 주인 옥구댁은 눈이 퉁퉁 부어서 눈알이 보이지도 않는다.

"조국이 컴백하겠군."

대구의 백태진이 냉철하게 분석했다.

"이제 수사고 개뿔이고 다 흐지부지될 것이고."

"참, 이쁘기도 하지."

TV는 다른 장면이 펼쳐져 있었지만 TV를 향한 채 박숙자가 말했다.

"법무장관은 추미애가 지명됐으니까 아마 총리로 지명될지도 몰라."

백태진도 혼잣말을 계속했다.

"똑똑해. 저렇게 똑똑한데 뭐가 어떻다고 끌어내리려 카는지 모르겠데이."

아직 감동이 남아 있는 박숙자도 계속 딴소리를 했다.

"근데 이 탄핵당 놈들은 뭐 하는지, 원."

이렇게 백태진이 마무리를 했다.

"당신이 시켰어?"

정경심과 조국의 통화, 정경심이 묻자 조국이 화를 내었다.

"내가 그럴 사람이야?"

그러자 정경심의 짧게 흐느끼는 소리가 울리더니 말이 이어졌다.

"자식 잘 키웠어, 우리."

"당신 덕분이지."

"민이가 저렇게 했지만 난 어떤 벌이라도 받을 거야."

"내가 받아야지, 당신은 가만있어."

"행복해."

"이런 때 무슨 그런 말이 나와?"

조국도 그 말이 입 밖으로 나오려다가 말았다. 사람의 표현 능력이라는 게 참.

추미애의 개혁

추미애가 법무장관 지명이 되었는데 인사청문회에서 난리가 났다. 야당 의원이 아들의 '황제휴가'에 대해 추궁하자 '소설 쓰시네'라고 했기 때문이다. 야당이 들고 일어나 사과하라고 요구했지만, 추미애가 누구인가? 못 한다고 버티다가 청문회가 끝났다.

그날 저녁에 문재인이 추미애를 청와대로 불렀다. 놀란 추미애가 화장을 고치고 청와대로 달려 들어갔을 때는 오후 7시, 추미애를 맞은 국정상황실장 윤건영이 무표정한 얼굴로 말했다. 이곳은 본관 접견실.

"쫌 기다리시죠. 대통령님이 곧 오실 겁니다."

"근데, 무슨 일이래요?"

마침 대기실에는 둘뿐이라 추미애가 윤건영에게 물었다. 다른 사람 같으면 윤건영에게 이렇게 못 묻는다. 윤건영이 풍기는 분위기도 그렇고 그걸 누가 대답해 주겠는가, 할아버지한테 불려온 조카딸도 아니고.

그때 윤건영이 대답했다.

"글쎄요, 소설 쓰는 문제겠지요."

그 순간 추미애가 숨을 들이켰다. 불길한 예감이 온몸을 덮어 씌우는 느낌이 왔고 입 안이 금방 말랐다. 그때 안으로 문재인이 들어섰다.

접견실 안에 셋이 남았다. 문재인과 추미애는 마주 보는 위치의 소파에 앉았고 윤건영은 옆쪽으로 조금 떨어진 의자에 앉았다. 접견실은 20평쯤 되는 정사각형 구조다. 둘의 앞쪽에 탁자가 있다. 인사를 마친 후에는 잠깐 침묵이다. 이삼 초쯤. 인사를 마치자마자 본론을 꺼내는 콩나물 장사는 없다. 그때 문재인이 입을 열었다.

"야당에서는 끝까지 임명을 거부할 것 같습니다."

"죄송합니다."

이미 윤건영한테서 들은 터라 추미애는 기가 죽었다. 대통령이 임명을 철회한다고 해도 할 말이 없다. 그때 문재인이 말을 이었다.

"이번에 내가 무리를 해서라도 임명을 강행하겠습니다."

추미애가 숨을 들이켰다, 유구무언. 문재인이 지그시 추미애를 보았다.

"부탁이 있습니다."

"예. 말씀하십시오, 대통령님."

"내가 대선 공약으로 검찰개혁을 주장했지요. 알고 계시지요?"

"압니다."

"장관이 되시면 검찰개혁의 선봉에 서 주시지요."

"예, 대통령님."

"제가 추 의원님 성격을 잘 압니다."

문재인의 얼굴에 웃음이 떠올랐다.

"강한 추진력과 뚜렷한 소신을 평소에 존경하고 있었습니다."

"과찬이십니다."

"윤 총장과 마찰이 있을지 모르지만 저는 추 의원님을 믿습니다."

추미애가 어깨를 펴고 문재인을 보았다.

"기대에 어긋나지 않도록 분골쇄신하겠습니다."

그때 고개를 끄덕인 문재인이 자리에서 일어섰다. 면담이 끝난 것이다.

인사를 나눈 문재인이 방을 나갔고 윤건영도 몸을 돌렸기 때문에 추미애는 한마디 못 했다. 뭐? 소설 쓰는 문제라고? 윤건영의 등에 대고 눈을 흘겼을 뿐이다.

이틀 후, 야당이 펄펄 뛰었지만 추미애는 법무장관 임명장을 받았다. 문재인과 나란히 서서 사진까지 박고 법무부 청사에 기세등등하게 출근, 업무를 시작했다.

추미애의 법무장관 취임사.

"저는 이 기회에 실추된 검찰의 위상과 국민들의 신임을 회복하고 대통령님의 의지를 받들어 검찰개혁을 완수할 것입니다."

TV에 비친 추미애의 표정은 단호했다. 추미애가 말을 잇는다.

"검찰은 기득권 세력과 타협하여 강자에게 약하고 약자에게 군림하는 과오를 범해 왔습니다. 나는 검찰을 개혁, 쇄신하여 국민의 검찰로 거듭나도록 하겠습니다."

"저 여자 왜 저래?"

천안지청의 오복수 검사가 밥을 먹다 말고 물었다. 점심시간이어서 오복수는 동료 검사 한전대와 설렁탕을 먹는 중이다. 벽에 걸린 TV에서 추미애 모습은 사라졌지만 이제 오복수가 수저를 내려놓았다.

"왜 뜬금없이 검찰을 잡으려고 그래?"

"뭐, 립서비스겠지."

한전대가 시큰둥한 표정으로 말했다.

"눈앞에는 검찰뿐이잖아, 법원에는 대법원장이 있거든."

"어떻게 개혁한다는 거야?"

"할 게 있나?"

한전대가 씹던 것을 삼키고는 결론을 냈다.

"걍 소설 쓰는 거지."

"왜 그러는 거야?"

168

윤석열이 묻자 한동훈이 고개를 기울였다. 검찰총장실 안, 윤석열이 보고를 하려고 들어온 한동훈에게 물은 것이다.

"대통령님의 선거 공약 중의 하나니까요."

"립서비스란 말야?"

"전 그렇게 생각합니다."

"그래도 너무 하잖아."

의자에 등을 붙이고 윤석열이 말을 이었다. 둘은 지금 추미애의 취임 사에 대해서 이야기를 하는 중이다.

"이거, 예감이 안 좋은데."

"뭐가 말씀입니까?"

"검찰을 타깃으로 삼을 가능성이 많아."

한동훈은 입을 다물었다. 기수는 4기 차이지만 윤석열은 12년 연상이다. 연수가 많다는 것은 세파를 많이 겪었다는 표시다, 더 멀리, 더 깊게 볼 수도 있으니까.

"대통령께서는 나한테 소신껏, 정치권 눈치 보지 말고 검찰 업무를 수행하라고 하셨어."

"그렇게 하시면 되죠."

"그런데 장관이 개혁을 하겠다니, 무슨 소리야?"

어깨를 부풀렸다가 내린 윤석열이 바로 전화기를 들고 버튼을 눌렀다. 그러자 곧 응답 소리가 났다.

"예, 중앙지검장 이성윤입니다."

"응, 난데."

"예, 총장님."

"야, 님 자 빼고."

"혼자 있는 거야?"

"아니, 한동훈이랑."

"둘이?"

"그래."

"그런데 왜?"

"추 장관 왜 저래? 누굴 잡는다는 거야?"

"소설 쓰는 거지 뭐."

"우리 한테도?"

"그럼 뭐겠어?"

"내가 박 대통령 잡아넣었다고 이젠 날 치는 거 아냐?"

"무슨 새똥 빠진 소리야, 총장님."

"말이 그렇잖아. 검찰개혁을 대뜸 부르짖고 있는 것이 타깃이 나 아냐?"

"잘하면 내가 차기 총장 되겠네."

"야, 농담할 때가 아냐."

"근데 동훈이를 내가 1차장으로 데려와야겠어. 괜찮지? 검사장급이니까."

"가만."

전화기를 귀에서 뗀 윤석열이 앞쪽에 앉아 있는 한동훈을 보았다.

"성윤이가, 아니 지검장이 널 1차장으로 데려가고 싶다는데 갈래?"

"가죠 뭐."

윤석열이 고개를 끄덕였다. 1차장이면 중앙지검장 다음 서열이다. 다시 전화기를 귀에 붙인 윤석열이 말했다.

"동훈이가 너한테 간단다."

"그래, 잘됐어."

"이럴 때 우리라도 뭉쳐야 돼. 전화 끊는다."

전화기를 내려놓은 윤석열이 한동훈을 보았다.

"이 지검장한테 너 같은 강골이 필요해. 너희들 둘은 손발이 잘 맞을 거다."

이렇게 운명이 결정되기도 하는 거지 뭐. 첫 단추가 잘 끼워지면 말이지.

안철수

안철수의 북한 방문, 이번에는 자유로를 달려 북한으로 향하는 '사회당' 당수 안철수가 전 세계의 매스컴에 보도되었다. 북한의 경제 제재가 풀린 후여서 개성공단도 활발하게 가동되는 상황이다. 선두 차에 탄 안철수는 만면에 웃음을 띠고 있다. TV에 뜬 안철수를 보면서 대구의 백태진이 말했다.

"안철수가 차기 대통령 되겠다."

옆에서 보던 박숙자는 아무 말도 하지 않았다. 이제는 누가 대통령이 된다고 해도 관심 없다, 다 문재인의 꼬붕일 테니까.

안철수가 평양에 도착했을 때는 오후 4시 반경이다. 본래 3시에 도착할 예정이었지만 개성 평양 간 고속도로의 120킬로 지점에서 도로 한쪽이 꺼지는 사고가 났다. 도로 지반이 약했는지 무너진 것이다. 그래서 늦게 도착하는 바람에 오늘은 초대소에서 그냥 쉬었다.

"여기가 바로 초대소군."

안철수를 따라온 국회의원은 8명이나 되었다. 그중 하나인 더불어당의 김두관이 주위를 둘러보며 말했다. 거대한 유리 벽 밖으로 대동강을 내려다본다. 평양시 중심에 세워진 유경호텔도 보였다. 짓다 만 건물 같지가 않다. 그때 김무성이 말했다.

"오늘 밤, 안 대표님 덕분에 모란봉악단 구경 좀 했으면 좋겠는데."

"아니, 우리는 사람 아닙니까?"

대들 듯이 말한 건 더불어당의 박주선이다. 박주선이 투덜거렸다.

"우리가 숟가락만 들고 온 게 아니란 말입니다."

"아이구, 누가 뭐라고 했습니까?"

안철수가 웃음 띤 얼굴로 나섰다.

"다 대통령님 덕분에 우리가 여기 와서 생색이라도 내는 것 말입니다."

각 당 의원들이 티격태격하기는 했지만 좋은 분위기다. 이미 여론은 문재인이 지나가는 '행인'을 붙잡아서 후계자를 시켜도 당선된다는 정도다. 그렇지만 그날 밤은 초대소에서 그냥 잤다. 저녁 식사는 푸짐했다.

다음 날 오전 11시, 주석궁의 대접견실 안, '한국경제사절단' 대표 안철수와 경제 사절 20여 명이 김정은과 만났다. 웅장한 접견실, 김정은은 각료 20여 명을 대동하고 웃음 띤 얼굴로 안철수와 인사를 나눴다. 사절과 일일이 악수를 나눈 양측이 테이블에 마주 보고 앉았을 때다. 안철수가 인사말을 했다. 경제 협력, 국가 발전 등을 말한 후에 곧 본론을 꺼내었다.

"1단계로 한국의 각 기업에서 북한의 노동력 10만 명을 단계적으로 채용하겠습니다. 그것은 6개월 후부터 시행이 가능할 것 같습니다."

김정은은 주의 깊게 들었고 안철수가 상기된 표정으로 자료를 읽는다.

"또한 1년 후부터는 북한에 공장을 건설, 직고용하는 방법을 강구하고 그 규모를 넓혀 갈 계획입니다. 이에 대한 구체적인 협의가 필요합니다."

김정은이 커다랗게 고개를 끄덕였다. 이렇게 남북 경협이 시작되었다. 남북 경협이라면 이 정도는 돼야지.

김정은은 세부 협의가 실무자들 중심으로 시작되었을 때 자리에서 일어섰다. 이쪽도 마찬가지, 안철수와 정치인들은 휴게실로 가서 놀았다. 점심은 오후 1시에 주석궁 안의 귀빈 식당에서 먹을 예정이었으니까 멀리 못 나간다. 그때 한국 측 옵서버 자격으로 참석한 윤건영이 안철수에게 다가와 말했다.

"김 위원장께서 잠깐 뵙잡니다."

김정은의 측근 '누가' 윤건영에게 전달한 것이다. 윤건영은 국정상황실장이니까 이 상황을 잘 알아야 하는 입장이다, 옵서버로 적격이고. 안철수가 자리에서 일어서자 모두 먹먹한 가슴으로 뒷모습을 보았다. 아마 '누구'는 '아, 차기 대통령이 저기 가는구나' 했을지도 모르지. 그러나 모두의 가슴에는 저렇게 만들어준 것이 문재인이라는 것이 박혀 있을 것이다.

"아, 어서 오십시오."

별실에서 기다리고 있던 김정은이 안철수를 맞는다. 김정은은 김여정과 둘이서 기다리고 있었는데 이쪽은 안철수와 윤건영이다.

"예, 감사합니다."

김정은이 권하는 자리에 앉으면서 안철수가 인사를 했다. 윤건영이 보기에 안철수는 '얼지' 않았다. 원체 주위 분위기가 위압적이어서 얼 것 같았는데 의외다. 김정은이 생각났다는 얼굴로 윤건영에게 물었다.

"참, 대통령께선 건강하시지요?"

"예, 위원장님."

이쪽은 안철수 비서 격으로 수행했는데도 알아준 김정은이 고마워서 윤건영의 목소리가 커졌다. 고개를 끄덕인 김정은이 안철수를 보았다.

"뭐, 필요하신 것 있으세요?"

"네?"

눈을 크게 뜬 안철수가 김정은을 보았다.

"뭐 말씀이십니까?"

"나한테 부탁하실 것 말입니다."

"부탁, 그, 그것은."

안철수가 옆에 앉은 윤건영을 보았다.

그러나 윤건영이 도와줄 수가 있나? 그때 김정은이 말을 이었다.

"예를 들어서 귀국하셨을 때 내놓을 선물 말입니다. 북조선에 다녀와서 무슨 성과라도 있어야 할 것 아닙니까?"

"아."

"그렇지, 유경호텔을 남조선이 매입해서 재공사를 하기로 했다든지. 그건 이미 트럼프가 250만 불로 팔라고 지금도 지랄하고 있지만 말입니다."

"아유, 위원장 동지."

옆에서 숨을 가쁘게 쉬던 김여정이 말했기 때문에 김정은이 똑바로 앉았다. 그러고는 말을 잇는다.

"그런 성과를 발표해야 여론이 좋아지고 선거에 유리해지는 것 아닙니까?"

"아, 그것이…"

"다른 것도 좋아요. 대동강 다리 공사를 맡았다든지, 두 개쯤. 공사비용 문제는 어물쩍 넘기고 나서 남조선 정부가 좀 내주시고."

"…"

"남조선 인민들은 금방금방 잊어먹는다는 소문이 나서요. 그런 것 다 잊어버릴 것 아니겠습니까?"

"아유, 위원장님."

또 김여정.

"안 대표님을 대통령님이 보내신 것은 차기 후계자를 나한테 상면시켜 주시는 것으로 압니다. 그래서 나도 도와드리려고 하는 겁니다."

"예, 감사합니다."

안철수가 상기된 얼굴로 고개를 숙였다.

"두 분 호의를 어떻게 갚아야 할지 모르겠습니다. 한국과 북한의 발전, 번영을 위해서 최선을 다하겠습니다."

"가시기 전에 생각해 보세요."

김정은이 부드러운 웃음을 띠고 안철수에게 손을 내밀었다.

"무엇이든 도와 드리겠습니다, 안 대표님."

윤건영이 소리 죽여 숨을 뱉었다. 과연, 통이 크구나. 공짜 좋아하는 것 좀 봐라. 그리고 뭐라고? 금방금방 다 잊어먹는다고? 그거, 참 낯 뜨겁네.

"윤 실장, 뭐가 좋겠어요?"

휴게실로 돌아오면서 안철수가 윤건영에게 물었다. 두 눈이 반짝이고 있다.

"글쎄요. 저는 도무지…."

"난 이런 경우는 생각해보지 못해서요."

"저도 그렇습니다."

"호의에 눈물이 다 나려고 하네요."

안철수의 목이 메었기 때문에 윤건영이 숨을 들이켰다. 이건 우리 보스보다 더 순진하네. 하지만 감동 먹은 것은 윤건영도 마찬가지다. 그때 안철수가 흐린 눈으로 윤건영을 보았다.

"대통령님 호의 말씀이오."

아, 아닌가?

오후에 협상을 마친 남북 대표단은 평양에서 성명서를 발표했다. 남북 경협 제1차 성명서다. 한국은 협상단 대표 안철수가 발표했으며 북한은 놀랍게도 김정은이다. 안철수의 위상이 단박에 일국의 지도자로 업그레이드된 순간이다. 협상 내용은 이미 한국 언론에는 흘러나왔기 때문에 국민들은 대략 알고 있었다.

1. 북한 노동자 단계적으로 10만 명 수입

2. 1년 후부터 북한에서 한국 공장들이 가동하도록 준비한다는 것

예상하지 못한 안철수와 김정은의 공동 성명이어서 경제 협력은 더 빛이 났다. 김정은에 대한 호감도도 더 높아졌고, 원원인 셈이지.

그날 밤 남측 수행원 몇 명은 기대한 것 같았는데 초대소의 파티가 열렸다. 한국 사절단이 묵은 제6초대소로 모란봉악극단이 온 것이다.

악극단은 노래와 연주, 춤, 서커스까지 포함한 대규모 연예단이다. 김정은이 남측 사절단을 직접 접대하는 형식이어서 모두 국빈 대접을 받았다. 기자들까지 1백 명이 넘는 사절단 옆에 빠짐없이 접대 아가씨들이 앉아 있을 정도였으니 그 '성의'를 짐작할 만했다.

안철수 옆에도, 김무성, 박주선 옆에도, 기자들 옆에도 다 파트너가 앉았다. 술도 위스키에서부터 샴페인, 백두산주까지 다 있어서 풍족했다. 한국에서 '소문'이 났었지, 북에 갔다 오면 미인계에 빠져서 그날 밤의 녹화 필름을 약점으로 잡혀 질질 끌려다닌다고. 그런데 가만 보니까 '그것' 걱정하는 남측 인사들은 하나도 없는 것 같았다. '그것' 걱정시킬 정도면 미인계가 아니지, 정신없게 만들어야 미인계지.

다음 날 김정은의 배웅을 받으며 평양을 떠나는 한국경제사절단의 모습이 다시 전 세계로 방영되었다. 사흘간 안철수는 세계의 매스컴을 탔고 이른바 문재인의 후계자로 일찌감치 자리매김을 하는 분위기였다. 그것을 한국인들도 거부감 없이 받아들이고 있다.

사절단이 서울에 도착했을 때는 오후 6시경이다. 평양 개성 간 고속도로 한쪽이 꺼진 것은 다 보수되었지만 오늘은 자유로에서 사고가 나서 밀렸다.

일산 사는 아줌마가 1차선에서 50킬로로 달리는데 신경질이 난 덤프

트럭이 받아버렸기 때문이다. 안철수는 1시간이나 늦게 집무실에서 문재인을 만났다. 사절단을 해산시키고 윤건영과 둘이 집무실로 들어간 것이다.

"대통령님, 다녀왔습니다."

안철수가 절을 하면서 말했다.

"수고하셨어요."

안철수의 손을 쥔 문재인이 함께 자리에 앉았다. 집무실 안에는 임종석과 양정철까지 셋이 있었기 때문에 모두 다섯이다. 먼저 안철수가 보고했다.

"경협은 실무자가 따로 보고드릴 것입니다만 예상보다 빨리 진행될 것 같습니다."

"잘 되었네요."

"김 위원장이 적극적으로 협조하셨습니다."

"우리도 고맙죠."

"김 위원장이 대통령님을 존경하는 것 같았습니다."

"아휴, 나 돈 없는데."

"대통령님이 평양에 오셨으면 좋겠다고 저를 통해서 정식으로 초대하셨습니다."

고개를 든 문재인에게 윤건영이 말했다.

"예, 저도 들었습니다, 대통령님."

문재인이 고개를 끄덕였다. 이것이 김정은의 평양 국빈 초대다. 안철수가 김정은의 전갈을 가져왔다.

"그럼 내일 안 대표께서 발표하세요."

이것도 안철수에게 맡겼다. 끝까지 마무리를 시켜야지.

안철수를 배웅하고 나서 집무실에 넷이 모였다. 문재인과 임종석, 양정철, 윤건영이다. 이제는 윤건영이 보고할 차례.

"김 위원장이 안 대표에게 선물을 주겠다고 했지만 사양했습니다."

윤건영이 유경호텔과 대동강 다리 등 김정은의 발언을 말해 주었을 때 문재인이 고개를 끄덕였다.

"그런 자세면 가능성이 있어."

임종석과 양정철은 말이 없다. 그때 문재인이 길게 숨을 뱉었다.

"하지만 통일은 산 넘어 산이야. 방심할 수 없어."

이제는 아무도 문재인한테 훈수를 두지 않는다. 언제부터인지는 모르지만 문재인한테서 배워가고 있기 때문이다.

군인법(軍人法)

군인법은 국회에서 출석 의원 281명 중 찬성 214명의 지지를 얻어 통과되었는데 내용을 요약하면 이렇다.

1. 장성의 정년을 75세까지 연장한다. 영관급(소령에서 대령)은 70세다.
2. 퇴역 영관, 장성의 복귀는 심사 후 즉시 복귀가 가능하다.
3. 현역 영관, 장성은 모두 이적심사를 받은 후에 군인법에 의거 조처한다.
4. '군기위원회'를 즉각 설치, 이적심사를 한다.

그래서 74세짜리 준장, 68세인 소령이 심사 후 현역으로 복귀한 경우까지 발생했다.

복귀한 65살짜리 대령은 바로 준장으로 진급했으니 앞으로 10년은 더 군 생활을 하게 되었다. 참모총장이 될 수도 있겠지. 그 반면, 정치권에 붙어서 이적행위를 했던 장군, 영관급 장교까지 8백여 명이 예편, 강

등예편 또는 수감되었다. 엄격한 숙정이다. 문재인은 군을 이렇게 숙정했다.

문재인이 그 숙정 작업 와중에 기자 인터뷰를 했다. 그것이 문재인의 의중을 드러내었고 전군(全軍)을, 전 국민을 숙연하게 만들었다.

기자: 이렇게 뜬금없는 군인법을 시행하게 된 동기는 뭡니까?

문재인: 지금은 남북 평화 공존 시대지만 군인은 철저한 군인정신으로 무장되어 있어야 해요. 정치권 눈치만 살피는 군인은 군인이 아닙니다.

기자: 군 통수권자에 충성해온 것 아닙니까? 지금까지 잘 해왔지 않습니까?

문재인: (웃으면서) 그럼 내가 이적행위를 해도 따른다는 겁니까? 그건 반역이죠. 특히 군인의 반역행위는 국가 멸망과 직결됩니다.

기자: 그럼 대통령께선 지금까지 이적행위를 해 온 것입니까?

문재인: 대통령 되긴 전에는 그런 경향이 있었고 그런 나를 추종하는 군인들이 있었던 겁니다.

기자: 그들을 처벌하시는 겁니까?

문재인: (정색하고) 그들은 비겁자요. 대통령에 대한 충성을 핑계로 출세하고 국가의 안위는 외면했던 반역자요. 전쟁이 일어나면 틀림없이 도주할 자들이오. 그러고는 대통령 핑계를 대겠지요.

기자: 지금 처벌되는 지휘관들이 그런 경우군요.

문재인: 사드 문제도 군인들이 제 몫을 했다면 이렇게 심각하게 되지 않았습니다.

기자: 왜 그렇습니까?

문재인: 군에서 사드가 방어용 무기라는 것을 강조하고 사드 설치 방해 공작을 강력하게 물리쳐야 했습니다. 군이 독자적으로 중국의 압력과 위협에 대항했다면 한국 정부가 중국을 상대로 유리한 협상을 할 수도 있었을 겁니다. 무시도 받지 않았겠지요.

기자: 그렇습니까?

문재인: 군이 국가의 안전보장까지 정치권 눈치만 보다가 함께 무시당한 것 아닙니까? 군은 자신의 목소리를 내야 합니다.

기자: 쿠데타 이후로 그것이 엄격히 억제되지 않았습니까?

문재인: 쿠데타 평계로 지휘관들이 비겁자가 된 겁니다. 난 그렇게 생각해요.

그러고는 문재인이 덧붙였다.

문재인: 나는 군인법을 계기로 군을 자주국방의 간성, 정치권에 흔들리지 않는 강군으로 양성할 것입니다.

"이 양반 너무 나가는 거 아닙니까?"

문희상이 묻자 이해찬이 고개를 들었다.

"뭘 말요?"

"군인들한테 충동질하는 거 아뇨? 통수권자가 마음에 안 들면 갈아치우라고 하는 것이나 같잖어?"

문희상은 지금 며칠 전의 문재인의 기자회견을 녹화 필름으로 보는 중이다.

국회 이해찬 의원실 안, 방 안에는 정세균까지 셋이 둘러앉아 있다. 의안 심의하다가 모인 셈이다. 그때 이해찬이 대답했다.

"말이야 바른 말이지, 군인들 사기도 올려줄 겸…."

"사기는 무슨, 지금 74살 소장이 55살짜리 중장 밑에서 근무하는 세상인데."

"그래도 분위기는 좋은갑다."

정세균이 나섰다.

"노인들이 펄펄 난다고 신문에도 났지 않습니까?"

"날기는 무슨."

이번에는 이해찬이 트집을 잡았다.

"집에 가서 아이고 허리야, 하면서 손자들한테 허리 두드리라고 하겠지."

"그런데 병사들 핸드폰 싹 뺐고 얼차려가 심해진 것 같은데도 잔소리가 없는 걸 보면 적응이 잘 되는가 보지요?"

정세균이 묻자 문희상이 대답했다.

"즈그 부모들은 다 그렇게 군대 생활했으니까 이해하는 거지."

"어쨌든 대통령이 이렇게 기자회견에서 세게 나가도 중국이 입 다물고 있는 걸 보면 신통해."

이해찬이 문희상, 정세균을 번갈아 보았다.

"내가 시진핑하고 독대할 때 같이 있었던 김동연이를 만나서 다그쳐 물었더니 이러는 거야."

둘이 숨을 죽이고 시선을 주었기 때문에 이해찬이 헛기침부터 했다.

"대통령이 시진핑한테 하는 말을 듣고 오줌을 쌀 뻔했다는 거야."

"그놈의 오줌."

문희상이 혀를 찼다.

"통역은 바지에다 진짜 쌌다던데. 그래서 그놈한테서 지린내가 났다는 거요."

"이건 도무지."

정세균도 혀를 찼다.

"함구령을 내렸는지 소문만 났고, 무슨 말을 했는지 알 수가 있어야지."

"어쨌든 대통령이 세게 나갔기 때문에 중국에서 더 이상 위협이나 보복을 하지 않는 것 아니겠소?"

이해찬이 마무리를 했다.

"어쨌든 대통령이 변해도 엄청 변했어."

그러자 문희상이 덧붙였다.

"우(右)로 돌아가는 것이 아니라 우리한테는 거꾸로 가는 것 같습니다."

그때 문에서 노크 소리가 들리더니 보좌관이 들어섰다. 당황한 표정.

"청와대에서 양 실장이 왔습니다."

셋의 얼굴이 대번에 일그러졌다. '또' 하는 표정들. 양정철이 온 것이다.

"아이구, 여기들 계시네요."

들어선 양정철이 웃음 띤 얼굴로 인사를 했다.

"마침 잘 되었습니다. 대통령님 부탁을 한 번에 전해드릴 수가 있겠네요."

"양 실장, 앉기나 하고 말하지."

이해찬이 자리를 권하면서 말했다.

"우리 입법부가 청와대 하명 사건이나 처리하는 곳이 아녀."

"아, 그러믄요. 그래서 부탁드린다고 하지 않았습니까?"

"양 실장."

이번에는 문희상이 불렀다.

"여기 오기 전에 사회당 사람들 만나고 오신 것 아녀?"

"아닙니다. 여기부터 들른 겁니다."

"무슨 일로 오신 건데?"

"예, 지난번에 군 지휘관 회의 때 대통령께서 말씀하신 일인데요."

양정철이 어깨를 폈다.

"광화문 광장에 이승만, 박정희 대통령 동상을 세우는 일입니다."

"…"

"더불어민주당, 사회당이 공동 발의를 하면 자한당은 저절로 따라오지 않겠습니까? 우리가 선수를 치는 거죠."

"…"

"물론 격렬한 반대도 있겠지요. 공청회, 여론조사 등도 필요하다고 하겠습니다만."

한숨을 쉰 양정철이 고개를 절레절레 흔들었다.

"다 아시지 않습니까? 그러다간 세월이 다 가고 오히려 국론만 더 분열됩니다."

"그래서 밀어붙이자는 거야?"

마침내 이해찬이 물었을 때 양정철이 바로 대답했다.

"대통령께서 성명을 발표하시겠답니다."

그 순간 모두 침묵했다.

양정철이 나갔을 때 문희상이 물었다.

"누가 써줘요?"

"뭘 말요?"

멍하게 있던 이해찬이 정신을 차리고 물었을 때 정세균이 대답했다.

"연설 비서관이 있지만 내가 알기로는 대통령이 직접 쓰는갑디다."

"그럴 양반이 아닌디?"

문희상이 고개를 갸웃했다.

"누가 적어준 A4 용지를 맨날 들고 읽었는데?"

그때 이해찬이 혼잣소리처럼 말했다.

"광화문에 이승만, 박정희 동상이라, 내가 이런 세상이 오리라고는 꿈도 꾸지 못했는데…."

광화문 동상

문재인이 연단에 섰다. 청와대 춘추관, 예고를 한 터라 방송국의 카메라가 마치 고사기관총처럼 보이기도 한다. 번쩍이며 터지는 플래시는 마른 땅의 번개 느낌. 수백 명, 외신 기자들도 있다. 그러나 조용, 오늘의 주제를 다 알고 있기 때문이다. '광화문 동상'에 대한 성명 발표다. 이승만과 박정희 동상이다. 이승만, 박정희 이름만 꺼내도 질색, 실색, 발광을 하던 민주투사들이 있었다. 지금도 마찬가지. 그런데 광화문에 두 놈의 동상을 세운다고? 그 성명을 발표한다고? 어디서 감히? 카메라들이 고사기관총처럼 느껴지는 이유다. 플래시가 번개처럼 느껴지는 이유다.

문재인이 고개를 들고 카메라를 보았다. 오후 9시, 생방송. KBS, MBC, SBS, JTBC를 포함, 각 종편의 동시 보도. 시청률이 각각 최고치, 오늘은 또 어떤 '개소리'를 하나? 하는 부류도 물론 있다.

문재인이 입을 열었다.

"이승만은 건국 대통령이며, 박정희는 대한민국을 부흥시켜 세계

10대 경제국으로 일으켜 세운 분입니다. 과오도 있지만 그것을 부정하면 대한민국의 근본을 부정하는 것입니다."

한마디씩 또박또박 말한 문재인이 어깨를 들었다가 내리면서 길게 한숨을 쉬었다. 마이크에 한숨 소리까지 났다. 비장한 얼굴, 안경알 밑의 두 눈이 번들거리고 있다. 오늘도 문재인은 원고를 읽지 않았다. 이쯤은 외우고 있었겠지. 그때 문재인이 말을 이었다.

"그래서 저는 광화문에 이승만, 박정희 동상을 세우겠습니다. 지금 서 있는 세종대왕, 이순신 동상을 과천으로 옮기고 그 자리에 각각 높이 20미터의 대형 동상이 건립될 것입니다."

그러더니 연단에서 한 걸음 옆으로 비켜서더니 허리를 굽혀 절을 했다. 이런, 벌써 끝나? 그때 아우성이 일어났다. 기자들의 인터뷰다. 이놈 저놈의 외침, 순서가 있는데도 흥분해서 그런다. 그래서 양정철이 소리쳐 제지를 해야만 했다.

기자들과의 인터뷰.
기자1: 이승만, 박정희가 독재자라는 여론이 많습니다. 그래도 강행
　　　하실 겁니까?
문재인: 민주주의란 그런 거죠. 싫어하는 사람도 있게 마련이죠. 추진
　　　할 겁니다.
기자2: 어떻게 추진하실 겁니까?

문재인: 곧 국회에서 추진할 것입니다. 사회당의 발의로 더불어민주당, 자유한국당 3당 합의로 추진위원회가 결성되겠지요. 물론 국회 동의도 받습니다.

기자3: 반대 시위가 엄청날 텐데요.

문재인: (고개를 저으면서) 없을 겁니다. 우리 국민은 그렇게 매정하지 않습니다.

기자4: 매정하지 않다니요? 그게 이유가 됩니까?

문재인: 북한의 김일성, 김정일 주석의 동상이 서 있는 걸 보세요. 북한의 주체사상이 그래서 굳어진 겁니다. 한국의 자유민주주의도 마찬가지입니다.

기자5: 그게 말이 됩니까? 북한이 그러니까 우리도 한다고요?

그때 문재인이 빙그레 웃었다.

문재인: 다음에 김정은 위원장이 한국 방문 시에 이승만, 박정희 동상에 참배하실 겁니다. 내가 연락했더니 그러신다고 하더군요.

-땡-

기자회견을 보면서도 사이사이에 육두문자를 쓰면서 펄펄 뛰던 '민주평화이웃사랑연대' 이사장 조만철이 그 소리를 듣고 움직임을 뚝 그쳤다.

이승만 동상이 건립되면 다이너마이트로 폭파하겠다고 장담한 인물이 있다. 바로 '맥아더동상철거위원회' 위원장 박태학이다. 박태학도 '김정은의 이승만 동상 참배' 말을 듣더니 숨을 들이마시고 나서 뱉지 않았다. 그래서 옆에 앉았던 부위원장 고달식이 '죽었나?' 하고 쳐다볼 정도였다.

"도대체 언제 김정은하고 이승만, 박정희 동상 참배 이야기가 된 거야?"

김무성이 묻자 마침 옆에 있던 김진태가 빙긋 웃었다.

"모르죠. 두 분이 자주 연락을 하는 모양이니까요."

"그렇다고 동상 세우는 일까지 상의를 한 건가?"

국회의사당 안, 휴게실에는 이제 의원들이 자리를 떠나는 중이다. 문재인의 성명 발표와 인터뷰가 끝났기 때문이다. 그때 주호영이 서둘러 다가왔다.

"김 의원님, 안 대표가 우리당에서 동상 건립 추진위의 대표를 맡을 분을 알려달라는데요."

"우리당에서?"

그때 주위로 의원들이 모였다. 그때 주호영이 대답했다.

"예, 안 대표가 추진위원장을 맡고 더불어당, 우리 자한당에서 대표를 추진해달랍니다."

"우리당에서는 내가 해야겠어."

"홍준표, 유승민 의원도 대표 하겠다는데요?"

"아, 그럼 그것도 선거를 하지."

김무성이 버럭 화를 냈다. 조금 전까지 은근히 문재인한테 시비를 건 사실도 잊어먹은 모양이다. 물론 배가 아팠기 때문이겠지, 자한당이 주도해야 될 일이었으니까.

사흘 후에 국회에서 '이승만, 박정희 동상 건립법'이 발의, 통과되었다. 재적의원 288명 중 찬성 239명, 반대 42명, 기권 7명의 압도적인 표차의 통과였다. 동상은 대리석으로 높이 20미터 크기로 세워질 예정이었고 추진위원장은 사회당 대표 안철수다. 그리고 건립일은 6개월 후로 정했다.

적폐청산 ①

2010년 3월 26일 오후 9시 22분.

백령도 인근 해상에서 초계함인 1200톤급 PCC-772호 천안함이 침몰, 승무원 104명 중 58명 구조, 40명 사망, 6명이 실종된 참사. 조사 결과 북한 어뢰를 맞아 선체가 두 동강이 난 것으로 판명되었으나 의혹이 끊이지 않았다가 지난번 김정일의 사과로 겨우 일단락되었다. 사건 후 세 번째 대통령이 된 문재인이 넘겨받은 상황.

2020년 3월 26일.

천안함 10주년 행사, 평택 해군 제2함대 사령부의 추모식장. 오늘은 대통령 취임 후 3번째 맞는 천안함 행사다. 작년 행사는 문재인이 참석하지 않았다. 그런데 오늘 문재인의 복장이 색다르다. 공수부대 군복을 입었다. 어깨의 계급장은 병장, 옆에 앉은 김정숙이 그 군복이 민망한지 자꾸 힐끗거리고 있다. 문재인 옆에는 윤청자 여사가 앉았다. 고(故) 민평기 상사의 어머니다. 윤청자도 문재인의 군복을 이상한 표정으로 쳐다보는 중이다. 그래서인지 말을 걸지 않는다. 식장은 엄숙한 분위기다. 내빈으로는 정부의 국무총리 이하 장관들, 국회의장, 대법원장, 각 군 참모총장, 주한미군사령관, 그리고 미국을 포함한 중국, 일본 등 12개국 대사까지 참석했다.

문재인의 추모사다. 오늘은 또 어떤 특종이 될지 수백 명의 방송국, 언론사 기자들이 침을 삼키고 있다. 외국 언론사도 10여 개나 된다. 이 제는 문재인의 일거수일투족이 뉴스고 특종이다. 탁현민이 지금 옆에 있다면 감동해서 눈물이 나겠지, 이것이 진짜 다큐니까.

공수부대 병장 문재인이 화면을 똑바로 보았다.

"지난번 김정은 위원장이 천안함은 북한군의 어뢰 공격이었다고 국 민 여러분께 사과한 것을 들으셨을 것입니다."

문재인이 어깨를 폈다.

"앞으로 나아갈 길이 길고도 험난한데 국론을 분열시키는 세력이 국 민의 가슴에 상처를 주고 좌절시키며 국가의 발전을 방해해왔습니다."

오늘은 말이 좀 길었기 때문인지 문재인이 A4 용지를 잠깐 보았다. 그러나 이젠 괜찮다.

"앞으로는 그런 일이 없을 것입니다. 왜냐하면 이제 국론이 단결되고 있는 데다 분열 세력은 단호하게 법의 심판을 받을 것이기 때문입니다."

고개를 든 문재인의 표정이 엄숙해졌다.

"그래서 오늘, 천안함 침몰 10주년을 맞이하여 오늘부터 3개월간을 '적폐청산' 기간으로 정합니다. 이 3개월간 모든 분야에 있어서 부정, 불법, 권력 남용, 선동 사건을 광범위하게 수사하겠습니다. 그래서 열심히 일한 사람이 보답받고 능력을 인정받으며, 부정과 불법, 권력과 선동으로 이득을 취하는 무리를 소탕하겠습니다."

끝이다.

이번에도 언론이 대특종을 했다, '적폐청산' 기간이라니.

자리로 돌아왔을 때 마침내 윤청자가 문재인에게 물었다.

"저기, 연금 말인데요, 천안함 생존자 중에서 아직도 후유증에 시달리는 사람들이 있는데…."

"예, 여사님."

문재인이 커다랗게 고개를 끄덕이는 바람에 공수부대 모자가 조금 비뚤어졌다. 그때 옆으로 양정철이 다가와 섰고 특종을 노리는 기자들이 서너 명 뒤에 붙어 있다. 문재인이 말을 이었다.

"천안함 특별법을 만들어서 빠른 시일 내에 전사자, 부상자에 대한 보상을 확정하겠습니다. 여사님은 저를 믿고 기다리시면 됩니다."

"그럼요, 믿다마다요."

윤청자가 커다랗게 말하더니 갑자기 두 손을 번쩍 들고 만세를 부르는 것이었다.

"대한민국 만세! 문재인 대통령 만세!"

그것을 언론사 TV가 다 찍었다. 목소리도 생생하게 녹음되었기 때문에 다 들었다. 이게 바로 생방이지.

"응, 대단해."

윤석열이 TV를 보면서 고개를 끄덕였다.

대검 총장실 안, 오후 5시. 총장실 안에는 중앙지검장 이성윤이 앉아 있다. 보고하러 왔다가 같이 재방을 보고 있다. TV에는 방금 윤청자의 '문재인 만세'가 끝난 후다. 지금은 김정숙의 쓴웃음을 띤 얼굴이 클로즈업된 장면이 나오고 있다. 그때 리모컨으로 TV를 끈 이성윤이 윤석열에게 말했다.

"적폐청산이라면 또 특검으로 시작할 건가? 아니면 3당 합당으로 위원회를 만들어서 할라나?"

"글쎄, 내가 아나?"

윤석열이 의자에 등을 붙였다. 박근혜를 특검에서 수사한 특검팀장이 바로 윤석열이다. 그러다 박근혜가 구속 3개월 만에 대통령 특사로 사면되었지만 윤석열은 문재인 정권에서 승승장구, 검찰총장에 올랐다. 물론 앞에 앉은 이성윤은 2인자인 서울지검장이다. 문재인의 경희대 후배, 전 노무현 정권 때 민정수석 문재인 밑에서 비서관으로 일한 인연까지 있다. 실세다. 그때 윤석열이 말했다.

"칼잡이는 가장 외로운 직업이야."

윤석열의 눈동자가 흐려졌다.

"칼은 쥐었을 때는 힘이 솟구치고 자신이 무적처럼 느껴지지만 잘못하면 제 몸을 베게 돼."

"젠장, 중앙지검이 앞으로 바쁘게 되었군."

이성윤은 혼잣소리를 하면서 일어섰다.

"총장님, 나, 갑니다."

생각에 잠긴 윤석열은 대답하지 않았다.

문재인의 전화가 왔을 때는 이성윤이 나간 지 20분쯤 지났을 때다. 물론 윤건영이 연결시켜 주었다. 긴장한 윤석열이 자리에서 일어나 전화기를 귀에 붙였다. 앉아서 받아도 누가 안 보니까 상관없지만 저절로 일어선 것이다.

"예, 대통령님."

"윤 총장, 뉴스 봤지요?"

"예, 대통령님."

윤석열의 머릿속에 '적폐청산' 단어가 섬광처럼 스치고 지나갔다. 이것인가? 또 내가 칼자루를 쥐게 되는가? 그때 문재인이 말했다.

"윤 총장이 해주셔야겠어, 솔직히 그래서 총장을 맡긴 것이니까."

"대통령님, 너무 과분한 일입니다."

"정치, 경제, 전반에 걸쳐서 공무원, 기업인도 가리지 말고, 나까지 포함해서 적폐를 색출, 기소해요."

숨을 들이켠 윤석열의 귀에 다시 문재인의 목소리가 울렸다.

"적폐청산팀을 구성하고 그 팀장을 맡도록 해요. 검찰총장이 팀장인 혁명적 과업이지."

문재인이 혁명이란 단어에 힘을 주었다.

"윤 총장, 문재인 정권의 성패는 윤 총장의 적폐청산에 달려 있는 거요. 이 청산으로 대한민국이 새롭게 태어날 테니까 윤 총장이 대미를 장식하게 되는 것이지."

윤석열이 어금니를 물었다. 어느덧 '못 하겠다'는 말이 쏙 들어갔다. 문재인한테 세뇌당한 것 같다. 대한민국이 새롭게 태어난다는 것, 그리고 대미를 장식하게 된다는 것, 윤석열의 눈이 흐려졌다.

"예, 최선을 다하겠습니다."

윤석열의 말끝이 떨렸다.

적폐청산 위원장은 검찰총장 윤석열, 팀장은 서울중앙지검 1차장 한동훈이다. 팀원으로 한동훈 휘하에 8명의 부장급 검사와 50명의 검사, 145명의 수사관이 파견되었다. 대규모 팀이다. 팀은 검찰의 전폭적인 지원을 받게 될 것이다.

조국 의원

조국이 2020년 4월 15일 총선에서 서울 송파구 국회의원으로 당선되었다. 압도적인 표차다. 더불어민주당 후보로 입후보하여 당선이 된 것이다. 이로써 2020년 4월 15일 이후로 의회 의석은 3등분 되었다.

더불어민주당 104석, 사회당 98석, 자유한국당 93석, 무소속 5석이다.

특징이 있다. 이제 영남 보수, 호남 진보 등 구분이 싹 없어졌다는 것이다. 전남북, 광주에서 3당의 의석 비율을 보면 더불어당, 사회당, 자한당이 각각 4:3:3, 부울경, 대구에서는 3:4:3, 서울은 4:3:3, 경기가 3:3:4이다.

이만하면 지역 통합이 되지 않았는가? 그런데 더불어당과 사회당의 의석수를 합하면 212석, 무소속에서 3명이 넘어왔기 때문에 215석이다. 더욱 강력해졌다.

"법무장관으로 올라갔으면 아마 온전치 못했을 거야."

이번에 부산에서 당선된 김무성이 말했다. 앞에는 유승민, 주호영이 앉아 있다. 지금 김무성은 조국 이야기를 하는 중이다. 이곳은 여의도의 일식당 '도쿄', 오후 7시 반, 김무성이 말을 이었다.

"그만큼 집중적인 조명을 받은 인사가 없었으니까, 이른바 유명세지."

"적시에 사과를 한 것, 거기에다 딸내미의 사과가 판세를 뒤집었으니까."

말을 이은 유승민이 고개를 끄덕였다.

"운이 따르는 사람이오, 조국이."

"두고 봐야죠, 앞으로 갈 길이 머니까."

주호영이 말을 받는다.

"더불어당에서는 조국이 대권 후보로 나올 수 있겠지요?"

"당연히."

술잔을 쥔 김무성이 흐려진 눈으로 둘을 번갈아 보았다.

"대권 후보가 되기 전에 미리 트레이닝을 한 셈이 되겠는데, 지난번 사건으로 말요."

"그렇게 되었네요."

쓴웃음을 지은 유승민이 김무성을 보았다.

"우리가 빼앗긴 정권을 되찾으려면 우선 조국부터 감당해야 됩니다."

"아니, 안철수는 어떻게 하고요?"

주호영이 물었다.

"이미 대통령의 의중은 안 대표로 굳어졌다고 하지 않습니까?"

"그건 모르는 일이야."

유승민이 고개를 저었다.

"지금 이재명도 슬슬 움직이고 있으니까 말요."

"아, 이재명."

"김경수는 어떻고?"

"더불어당에 인재가 많네."

"그것 참."

김무성이 둘의 대화에 끼어들었다.

"둘 다 시치미 떼고 있는 거요, 뭐요?"

"무슨 말입니까?

"우리 당에도 선수들이 있잖여?"

김무성이 앞에 앉은 둘을 눈으로 가리켰다.

"당신들도 있고, 홍 의원도 당연히 또 나올 것이고."

"그리고 김 의원도 계시네."

유승민이 쓴웃음을 짓고 말했을 때 김무성이 말을 이었다.

"뭐, 황교안, 나경원, 오세훈도 있지."

그때 모두 입을 다물었다. 많아서 뭘 하겠는가? 하는 표정들이다. 덧붙인다면 '떠'야 말이지. 이벤트가 절실한 상황이다. 그때 유승민이 말했다.

"문재인이 미치는 바람에 이 꼴이야."

그 말밖에 할 말이 없다. 터놓고 말한다면 이쪽 밥그릇을 다 뺏어 간 상황이나 같다. 도무지 이렇게 나올 줄을 누가 알았겠는가? 이승만, 박정희 동상은 다음 달에 광화문에 세워질 것이다. 이미 세종대왕, 이순신 동상은 과천으로 실려 갔다. 이런 이벤트의 중심에 문재인이, 그 후광 속에 조국, 안철수가 '떡' 하고 들어가 있는 것이다.

그 시간에 양정철이 고개를 들고 조국을 보았다. 이곳은 성북동의 카페, 양정철은 임종석 후임으로 비서실장이 되어 있다. 청와대의 2실장 체제가 이제는 단일 실장 체제로 되었다.

"조 의원님, 아직 시간은 있습니다. 그러니까 마음 놓으시고."

양정철이 말하자 조국이 쓴웃음을 지었다.

"뭐, 당연한 일이니까 수사받아야죠."

"형식이니까요."

"내가 법학 교수 출신이오."

맥주잔을 든 조국이 웃음 띤 얼굴로 양정철을 보았다.

"적폐청산팀이 당연히 할 일을 하는 것이고, 국회의원이 되었다고 해도 법은 지켜야죠."

"윤 총장도 난처한 것 같습니다. 하지만 대통령님의 특명을 받으신 터라…"

"내가 시범이 될 겁니다."

조국이 정색하고 양정철을 보았다.

"이미 기소가 된 내 사건만 빼놓고 적폐청산 수사를 하다니요? 내가 솔선해서라도 수사받으러 가야죠."

윤석열의 '적폐청산팀'에서 곧 조국에 대한 수사를 발표할 예정인 것이다. 그것을 양정철이 미리 귀띔을 해주러 온 상황이다. 양정철이 소리 죽여 숨을 뱉었다. 도와줄 수 있는 한계는 여기까지다.

"당신만 알고 있어."

집에 돌아온 조국이 정경심에게 말했을 때는 11시 반쯤 되었다. 방배동 집에는 조민, 조원 두 남매도 돌아와 있었는데 집 안은 조용하다. 지금 둘은 거실에서 이야기 중이다. 그때 정경심이 고개를 들고 조국을 보았다.

"당신이 국회의원이 안 되었더라도 조사를 받게 되었을까?"

"글쎄."

조국이 어깨를 들었다가 내렸다.

"어차피 기소가 된 것이니까."

"나도 마찬가지야."

정경심이 소리 내어 한숨을 쉬었다.

"애들한테 피해가 가지 말아야 할 텐데."

"…"

"지난번에도 개들 때문에 가슴을 졸였는데 또 시작이네."

"미안해."

"당신이 뭐가 미안해? 다 내 잘못인데."

"그게 무슨 말이야?"

"아니, 그것보다도."

고개를 저은 정경심이 힐끗 문 쪽을 보더니 목소리를 낮췄다.

"민이가 학교까지 그만뒀는데 너무한 것 아냐?"

"…"

"걔가 얼마나 상처를 받겠어? 아빠 위해서 난생처음 인터뷰까지 해줬는데, 또…."

"…"

"난 상관없어, 민이, 원이만 괜찮다면."

"내가 말할까?"

마침내 조국이 묻자 정경심이 왈칵 눈물을 쏟았다.

"아직 하지 마."

검찰총장의 대통령 면담, 옆에 양정철이 배석하고 있다. 청와대 대통령 집무실, 오늘은 '적폐청산'의 첫 보고다. 윤석열이 입을 열었다.

"조국 의원이 '적폐청산'의 시험대가 된 분위기입니다. 언론과 시민단체, 야당까지 일제히 조 의원을 공격하고 있습니다."

윤석열이 말을 이었다.

"지금까지 끌려가고만 있던 야당이 이번 적폐청산을 계기로 조 의원을 희생양으로 삼으려는 것 같습니다."

"…"

"거기에다 조 의원과 부인의 혐의가 너무 노출되었습니다. 기소된 사건이 있어서 수사 결과가 오픈될 수밖에 없습니다."

그때 문재인이 길게 숨을 뱉었다.

"참, 너무 하는군."

윤석열은 숨을 죽였고, 문재인이 말을 이었다.

"이 사람들이 나에 대한 거부 반응, 반발, 공격을 조 의원한테 퍼부어서 대리만족을 얻는 것 같은데."

정색한 문재인의 시선을 받은 윤석열이 고개를 숙였다. 그러나 대답을 하지 않는다. 맞는 부분도 있기 때문이다. 그때 문재인이 윤석열을 보았다. 안경알 밑의 두 눈이 반짝이고 있다.

"적폐청산 1호로 조국이 선정되었단 말이지요?"

"예, 대통령님."

"앞으로는 나한테 이런 말 안 해도 돼요."

"예, 대통령님."

"법에 따라 집행하세요."

윤석열이 숨을 들이켰고 문재인의 말이 이어졌다.

"개혁하세요, 나는 윤 총장을 믿습니다."

윤석열이 집무실을 나갔을 때 양정철이 문재인을 보았다.

"조 의원 부인이 당하게 될 것 같습니다."

"지금 당한다고 했나?"

문재인이 되묻자 양정철은 한숨을 쉬었다.

"죄송합니다. 표현이 주관적이었습니다."

"부대껴 봐야지."

양정철의 시선을 받은 문재인이 말을 이었다.

"뿌린 대로 걷는다고 했어."

"예, 대통령님."

"그 결과는 두고 봐야지."

"그렇습니다."

"헤치고 나오면 위대한 인물이 되는 것이고."

"대통령님이 지금 이루고 계십니다."

문재인의 시선을 받은 양정철이 웃었다.

"물론 이번에도 제 주관적 표현입니다."

아베 신조

　일본과 정상 회담은 해야지. 한·미·일 3국은 미국을 중심으로 한·미, 미·일 동맹을 맺은 관계, 이것은 냉전시대 이후로 새롭게 부상한 중국에 대항한 미국의 전략적 구도다. 이것으로 중국의 태평양 진출을 차단하고 아시아의 패권국 기도도 저지시킨다는 것이다, 물론 중국도 다 알고 있지만.

　2020년 5월 15일, 아베 신조가 총리 관저 앞에서 문재인을 기다리고 있다. 문재인이 일본을 방문한 것이다. 일본과의 관계는 4·15 총선 전에 위안부 문제, 아베의 야스쿠니 참배 문제, 소녀상 문제 등으로 티격태격했지만 문재인이 한일 정상 회담에서 해결하겠다고 하는 바람에 '쏙' 들어갔다. 그래서 조국도 '죽창가'를 내놓으려다가 말았다.
　"문재인이 완전히 달라졌다던데?"
　아베가 옆에 선 관방장관 스가 요시히데에게 말했다.

"한국에서 인기가 폭발적이라는군."

"역대 정권 중 최고입니다."

스가가 손목시계를 보면서 말했다. 3분쯤 후에는 문재인이 도착할 것이다. 둘은 관저 현관 앞에 서 있다.

"헌법을 개정해서 대통령 연임, 3임도 가능할 정도입니다."

"그럴 수가."

"김정은이도 꽉 잡아서 노동자 수입도 결정되었지 않습니까?"

"한국이 통일될라나?"

"그건 좀 시간이 걸리겠지요."

"핵도 어떻게 된 거야? 둘이 무슨 비밀합의라도 한 거 아냐?"

"이번에 물어보시지요."

"이거 좀 긴장되는군."

아베가 혀를 찼다.

"옛날 문재인이 같으면 해볼 만했는데."

"저기 옵니다."

스가가 말했기 때문에 아베가 고개를 들었다.

아베와 문재인은 처음 만난다. 가깝고도 먼 나라. 아베는 2012년 집권 후로 8년째 최장기 총리대신 기록을 세우는 중, 아베가 웃음 띤 얼굴로 문재인의 손을 잡는다.

"반갑습니다, 대통령 각하."

"만나 뵙게 되어서 기쁩니다."

이렇게 둘은 첫인사를 각각 제 나라 말로 했고 통역이 그렇게 전했다. 문재인은 외교장관 강경화를 대동했는데 김정숙은 동행하지 않았다. 아베의 정중한 안내를 받은 문재인이 관저로 들어선다.

아베 신조가 누구냐? 1954년생이었으니 66세, 야마구치현의 9선 중의원이며 90, 96, 97대를 거쳐 98대 총리 재직 중, 명문가 태생이다. 부친 아베 신타로는 외무상이었는데 유력한 총리 후보였다가 1991년 급사. 아베 신조는 부친의 보좌관으로 근무했으며 1993년 부친의 지역구 야마구치현의 중의원으로 정치에 입문 후 야마구치에서 내리 9선. 아베의 외조부 기시 노부스케는 56, 57대 총리, 외삼촌 사토 에이사쿠는 61, 62, 63대 총리다. 명문가다.

강경파 보수적 기질로, 야스쿠니 신사를 참배하고 '국가를 위해 순국한 위인을 참배하는 것이 당연하다.'고 주장했다. 한국, 중국에는 침략의 원흉들이겠지만 일본에는 애국자, 용사들이라는 것이다. 한국, 중국의 반발은 내정 간섭이라는 주장이다. 위안부 문제? 다 해결되었음. 조선의 일본 식민지 보상? 옛날이야기, 다 보상 끝난 일. 우리에게 맨날 사과만 하란 말이냐? 100년 전 일을? 지겹다, 지겨워, 이렇게 지내왔다.

정상 회담에 들어가기 전에 문재인의 요청으로 아베와 단독 회담, 배석자는 각각 스가와 강경화, 통역 둘까지 여섯 명이다. 아베는 긴장하고 있다. 듣기로는 문재인이 시진핑과 트럼프, 김정은과도 이렇게 독대 시간을 가졌다는 것이다. 그리고 그때마다 변화가 일어났다. 어떤 조건을 제시했는지 한국에 대한 자세가 달라졌다. 이것도 소문이지만 비밀동맹, 협박 또는 거래를 했다는 것이니 긴장할밖에.

"지난번 시진핑 주석과의 정상 회담 때 이렇게 단독 회담을 가졌습니다."

아베의 시선을 받은 문재인이 빙그레 웃었다.

"사드 문제를 이야기했지요. 사드 때문에 한국 기업을 폐쇄시키고 관제 데모 등을 일으켜 반한 분위기를 일으키는 것, 만일 더 그런다면 그 몇 배의 보복을 하겠다고 했습니다."

"…"

"선전포고나 같죠. 우리가 대중국 무역이 30퍼센트 가깝게 되지만 과감히 손해 볼 각오를 하고 덤빌 작정이었습니다."

"…"

"그랬더니 그 후로 한국 기업에 대한 압박이 줄었고 간섭도 없어졌습니다. 우리를 속국처럼 취급하는 버르장머리를 내 임기 안에 고쳐놓을 겁니다."

아베는 눈동자만 굴렸고, 문재인의 말이 이어졌다.

"우리는 걸핏하면 일본을 겨냥하고 시비를 거는 버릇이 있었지요. 특히 국내 상황이 어지럽거나 투표 전에 반일 감정을 부추겨 민심을 얻으려는 선동 작전이 잘 먹혔거든요."

문재인이 정색하고 아베를 보았다.

"앞으로 그런 일 없을 겁니다. 위안부 보상이나 징용 문제, 그런 건 다 마무리를 하고 미래를 향해 같이 가십시다."

그때 아베가 길게 숨을 뱉었다.

"과연 기대한 대로, 아니 이건 빼고."

당황한 아베가 힐끗 통역을 보고 나서 말을 이었다.

"각하께서 그렇게 말씀하시니 우리들도 적극적으로 호응해 가겠습니다."

아베가 결연한 표정으로 문재인을 보았다.

"특히 북핵 문제가 아직 풀리지 않은 상황이니 한국과의 긴밀한 협조가 필요한 시기입니다."

"알고 있습니다."

고개를 끄덕인 문재인이 말을 이었다.

"북핵이 일본을 위협하는 일은 없을 것입니다, 한국이 가로막고 있으니까요."

화기애애한 분위기다. 구체적 상황은 실무진이 만들 것이지만 정상

들의 이런 분위기라면 여자를 남자로 만들 수도 있다. 그때 문재인이 불쑥 물었다.

"요시다 쇼인이 백제계 아닙니까?"

"글쎄요, 그것은 잘…."

당황한 아베가 힐끗 스가를 보았다.

"백제계라는 말도 있고…."

"실례지만 총리께서도 백제계 아닙니까?"

"백제계 맞습니다."

아베가 쓴웃음을 짓고 대답했다. 하긴 천왕도 백제계인 것이다. 요시다 쇼인은 누구냐? 정한론, 즉 한국을 정벌해야 한다고 주장했던 메이지시대의 인사, 아베가 가장 존경하는 위인이다. 지금도 큰 결정을 하기 전에 요시다 쇼인의 묘소에 찾아간다던가? 그 쇼인의 제자들이 민비를 죽였고 조선 침략의 선봉이 되었다. 이토 히로부미, 초대 총독 데라우치 마사타케가 모두 쇼인의 제자다. 그때 문재인이 말했다.

"따지고 보면 우린 같은 뿌리지요. 남북한이 갈라져 있는 것처럼 말입니다."

"…."

"일본도 언어만 다를 뿐이지 백제가 멸망한 후에 일본으로 대규모 이민이 건너갔지 않습니까?"

"그렇지요."

214

아베가 커다랗게 고개를 끄덕였다.

"우리 고향 야마구치로도 엄청난 이민이 넘어왔지요. 지금도 그 유적이 있습니다."

그 순간 강경화는 아베의 두 눈이 번들거리고 있는 것을 보았다. 바로 이것이다. 이것이 정상 외교다. 이렇게 정상 간 소통이 되면 안 될 일이 없다니까. 그나저나 이 양반이 요시다 쇼인, 백제이민 이야기를 준비해 놓았구나, 과연.

회담을 마치고 만찬 시간까지 3시간 여유가 생겼을 때 아베가 스가에게 말했다.

"문재인 되게 유식하군, 그렇지?"

"공부를 해온 것 같습니다."

"쇼인 선생 이야기를 꺼낼지는 몰랐어, 깜짝 놀랐어."

"저도 그렇습니다."

"우리는 족보가 없어서 조상에 대한 정보가 없는 편이지만 내 생각에는 아마 일본인의 절반은 백제계나 한반도에서 넘어 왔을 거야."

"한국에서는 '족보 없는 놈'이 욕이라고 하더군요."

"나도 알아."

고개를 끄덕인 아베가 스가를 보았다.

"오늘 만찬 전에 이번에는 내가 단독 회담을 하자고 해야겠어."

단독 회담에 재미를 붙였군.

만찬 직전에 이번에는 넷이 모였다.

만찬장 옆의 방이 급히 치워졌고 문재인과 아베가 통역을 대동하고 마주 앉았다. 이번에는 아베가 먼저 입을 연다.

"다음에 김정은과 3자 정상 회담을 하는 것이 어떻습니까?"

문재인의 시선을 받은 아베가 말을 이었다.

"우리 일본도 북한에 경협을 제의하려고 합니다."

"그러지요."

문재인이 고개를 끄덕였다. 어느덧 문재인은 김정은의 대리인이 된 자신을 깨닫는다. 위상이 저절로 높아진 것이다.

코로나

2019년 말, 중국 우한에서 창궐한 코로나가 순식간에 전 세계로 전파되었다. 전 세계가 공황 상태에 빠졌고 제각기 국경 봉쇄, 방역 작업에 돌입했다.

한국도 예외가 아니다. K방역, 한국인의 질서 의식, 지도자를 믿고 따름, 문재인에 대한 신뢰감이 세계에서 사상자가 가장 적은 기록을 내고 있다.

2020년 6월 중순, 청와대에 오랜만에 대기업 총수들이 모였다. 모두 마스크를 써서 눈만 내놓았지만 다 구분된다. 오늘은 '코로나 회의', 총수들은 그렇게만 알고 있었다. 그래서 '직원들 마스크 착용 철저히 하고 5인 이상 모이지 말 것' 등을 주의 주려는 것 정도로 예상하고 있었다.

회의다. 오늘은 문재인이 비서실장 양정철 외에 수석비서관들을 다

배석시켰다. 그 앞쪽에 각료 회의 때 장관들처럼 대기업 총수들이 앉았다, 이재용, 정의선, 최태원, 김승연 등 총수들 10여 명. 문재인이 입을 열었다.

"여러분께 부탁드릴 일이 있어요."

부탁? 그 소리를 듣고 모두 숨을 죽였기 때문에 숨소리도 안 난다. 그러나 머릿속은 맹렬하게 회전한다. 그 머릿속 말이 소리로 돌출되면 이렇다.

'얼마일까? 100억?'

'아니지, 각각 1천억쯤?'

'코로나 자금이다. 역시 돈이야.'

'나는 3천억은 내야겠지.'

'수석들까지 다 모은 걸 보면 공식 자금이야.'

'역시 문재인도 별수 없어, 돈이야.'

'그 대가로 경부 지하 고속도로 공사를 따내면 좋겠는데. 그럼 2천억은 내지.'

그때 문재인이 말을 이었다.

"국정원 보고에 의하면 미국 등에서 백신 개발에 투자를 하고 있다는 겁니다. 백신은 완성 단계고."

총수들을 둘러본 문재인의 눈이 번들거렸다.

"우리 정부에서 뛰는 것보다 자금력, 집행력이 뛰어난 대기업들이 백

신 제조사를 공략, 투자를 하든 선급금을 주든지 해서 백신을 확보하는
것입니다.”

이제는 총수들 좌석에서 가쁜 숨소리가 들리기 시작했다. 문재인의
말이 다시 울렸다.

“대기업의 정보력, 상담력도 뛰어나다고 알고 있습니다. 여러분이 각
제조사를 분담해서 맡아주시죠. 그리고.”

어깨를 편 문재인이 총수들을 보았다.

“백신 확보에 소용된 자금은 추후 정부에서 전액 보상해 드리겠습니
다. 이 자리에서 여러분께 약속합니다.”

그러고는 문재인이 양정철을 돌아보았다.

“정부 측 창구는 비서실장으로 하겠습니다. 그래야 저한테 직보가 가
능할 테니까요.”

문재인이 자리에서 일어섰기 때문에 모두 일어섰다. 누가 서둘렀는지
의자 자빠지는 소리가 났다.

“제가 화이자를 맡죠.”

총수들과 양정철이 둘러앉았을 때 먼저 이재용이 말했다.

“제가 그쪽하고 인연이 좀 닿습니다.”

“저하고 같이 하십시다.”

김승연이 바로 말했기 때문에 이재용이 선선히 고개를 끄덕였다.

"그러시죠."

"그럼 난 얀센을 맡겠습니다."

최태원이 말하자 총수 두 명이 거들었다. 같이 하자는 것이다.

"노바백스를 하지요."

정의선이 말했을 때 또 누가 붙었다. 옆쪽에 앉은 양정철은 적을 준비만 하고 기다렸다. 뭐, 모르는 제약회사 이름도 나왔다. 총수도 15명이나 되어서 양정철이 이름도 모르는 '분'도 있었기 때문에 적기만 하면 되었다. 노상 회의만 해오던 양반들이 아닌가? 이름도 모르는 회사가 자꾸 나왔고 누구는 회사 기조실장을 불러 묻기도 한다. 양정철은 소리 죽여 숨을 뱉었다. 방 안에 잔뜩 활기가 덮여 있다. 이것이 다 무엇인가? 애국심이다. 뭔가 국가, 국민에게 봉사하겠다는 열의다. 그것을 누가 만들어주었는가? 문재인이다.

1시간쯤 후에 총수들은 청와대를 떠났는데 각각 팀별로 다시 모이는 모양이었다. 제약회사를 공략하는 계획을 세우겠지. 각 그룹의 기조실장들이 해외 각 지점을 동원해서 정보를 수집하고 뛰겠지, 총수들은 감독하고. 세계 10대 경제 대국이 된 이유가 뭔데? 이런 식의 전쟁 아니었나? 그런데 그 전사들이 다 뭉쳤단 말야, 오직 '백신' 확보를 위해서. 이 '양반'들이 뭉치면 백신 공장을 10개라도 못 세우겠나? 조금 시간만 준다면 '김승연표 코로나백신'이 나올 수도 있겠지.

이영구가 코로나에 걸렸다. 백수여서 이곳저곳을 돌아다닌 데다가 씻지도 않았기 때문에 당연한 일이다. 그런데 이영구 덕분에 조길호가 날벼락을 맞았다. 마침 동양화 전시를 하려고 있는 돈 없는 돈 다 긁어 모아 준비를 하던 참이었다. 당장 '공범'처럼 검사를 받고 음성인데도 2주 격리 조치를 받은 것이다. 이런 환장할 노릇이 있나? 서울, 천안의 고객들에게서 방문 약속까지 받아놓은 상태였다. 화랑이 범인의 '범죄 장소'처럼 되어서 '폐쇄 조치'를 당했으니 도리가 있나? 집 안에 감금당한 채 펄펄 뛰었지만 식구들도 외면한 상태. 와이프는 무주 처갓집으로 갔고, 아들놈은 익산에서 따로 살고 있으니 혼자서 소주만 죽이는 실정.

"여보세요?"

응답한 목소리는 박준형, 조길호와는 고등학교 동창으로 절친, 조길호 기준으로 절친이다. 세무사, 덕진동에서 세무사 사무실을 운영하면서 그냥 먹고는 산다. 조길호가 핸드폰을 귀에 붙이고 묻는다.

"뭐 하냐?"

"뭐 하긴, 사무실에 있지. 근데, 너 괜찮은 거냐?"

"아, 그럼. 음성이라니까 그러네."

'감금' 나흘째, 박준형에게 두 번째 전화를 한다. 그때 박준형이 말했다.

"야, 영구는 예수병원에 있는데 어떻게 됐는지도 모른다고 하더라."

"그 자식 이야기 하지도 마라."

"가족도 모른대."

"그 자식 누가 찾기나 한다더냐?"

"그건 그렇네."

이영구는 아들하고도 사이가 좋지 않아서 왕래가 끊긴 상태다. 그리고 식당 알바를 나가던 처도 집에 들어왔다, 안 들어왔다 한다. 김제에 있는 친정에 가는 것이다. 반 별거다. 조길호가 말을 이었다.

"이렇게 혼자 있으니까 별생각이 다 들어."

"그래, 도 닦는다고들 하더라."

"지난 인생을 돌아보게 돼."

"봐, 너도 시작했군."

"이 코로나는 하느님이 인류에게 준 계시야. 너희들, 지난날을 뉘우치고 새롭게 살라는 신호를 보낸 거다."

"네가 중학교 때까지 교회 댕겼다고 했지?"

"그런 것 같지 않단 말이냐?"

"나는 격리 안 당해봐서 몰라."

"야, 이 시벌놈아."

"테스트를 몇 번 하는 거냐?"

"몰라, 내일 또 한다니까."

"마누라가 너하고 전화했다는 걸 알면 펄쩍 뛰겠는데."

"왜?"

"코로나가 전화로도 감염되는 줄 알거든."

"야, 이, 시."

"찜찜한 거지, 솔직히."

"솔직히 지금 말하는데 내가 니 마누라하고 한 번 잤어."

"그래, 들었다. 니 연장이 검정색 크레파스만 하다고 하더라."

핸드폰을 귀에서 뗀 조길호가 정지 버튼을 누르고는 길게 숨을 뱉었다. 이렇게 시간이 안 가다니, 감방에 있을 때가 더 나았다.

"중국인 입국자를 막아야겠습니다."

보건복지부장관 박능후가 말했다. 국무회의를 문재인이 주관하고 있다. 당연히 코로나가 주요 의제다. 모두의 시선이 박능후에게 옮겨졌다. 한국은 다른 국가들처럼 즉시로 중국인 입국을 금지시키지 않았다. 다만 공항의 검역은 철저히 해서 분류했던 것이다. 그런데 국내 감염자가 확산되고 있는 실정이다. 중국인 입국자 때문은 아니지만 비상사태다. 박능후가 말을 이었다.

"'코로나 대책협의회'가 그렇게 결론을 냈습니다."

문재인이 고개를 끄덕였다.

"맡기겠습니다."

방역에 정치가 끼어들 여지는 눈곱만큼도 없다. 여야가 어디 있어?

전문가 집단이 모여서 구성된 '코로나 대책협의회'가 결정하는 대로 따르는 것이다. 문재인은 이것도 전문가에게 맡겼다, 경제도 그렇게 한 것처럼. 다만 '백신 특공대'는 대통령 직권으로 조직했다.

적폐청산 ②

정경심이 구속되었다. 적폐청산 작전의 주역인 윤석열이 가차 없이 기소, 영장신청, 구속을 시킨 것이다. 이것으로 국론은 분열되었다. 친조국, 반조국으로 갈라선 것이다. 윤석열은 친조국 입장인 더불어민주당의 공적이 되었고, 자유한국당에서는 의사(義士) 대접을 받았다. 문재인이 철저히 함구하고 중립을 지킨 것이 두 세력의 갈등을 더 극명하게 부각시켰다. 안철수의 사회당은? 하프앤하프, 반반이다. 안철수도 중립적 입장을 견지한 터라 사회당도 두 갈래로 나뉘었다.

"떴어."

최강욱이 어깨를 부풀리며 말했다.

"아군의 등을 치고 뜬 셈이오."

앞에 앉은 윤건영은 대답하지 않았다.

둘 다 지난 총선 때 더불어민주당으로 출마, 당선된 국회의원이다. 둘

다 청와대를 떠나 국회에 입성한 것이다. 국회의 윤건영 의원실 안, 최강
욱이 찾아와 울분을 토하고 있다.

"내가 차라리 의원직을 내놓고 말지, 그 꼴은 못 보겠어."

최강욱도 정경심의 사건에 연루되어 있다. 그래서 수사를 받고 있는
상황이다. 그때 윤건영이 고개를 들었다.

"기다려 봅시다."

"사회당 놈들이 분위기를 잡고 있는 것이 자한당 놈들보다 더 괘씸
해요."

윤건영이 대답 대신 고개만 끄덕였다. 둘 다 청와대에 있었기 때문에
문재인이 어떻게 안철수를 키웠는지 아는 것이다.

사회당은 안철수를 차기 대권 주자로 일찌감치 내정하고 똘똘 뭉쳐
있다. 중도파에다 노조 세력, 전교조까지 포함한 사회당의 전력(戰力)은
오히려 더불어민주당보다 강한 상황이다. 그 정점에 안철수가 있는 것
이다. 그때 방 안으로 조국이 들어섰기 때문에 둘은 놀라 맞는다.

"아, 여기에 계셨군, 잘 되었네."

둘에게 인사를 한 조국이 자리에 앉았다. 셋이 둘러앉은 셈이다. 그때
윤건영이 먼저 위로했다.

"사모님 때문에 마음고생이 심하시겠어요. 도와 드리지 못해서 죄송
합니다."

"아휴, 괜찮아."

윤건영은 1969년생, 조국보다 4살 연하인 데다 청와대에서도 자주 만난 사이다. 조국이 그늘진 시선으로 최강욱을 보았다.

"내가 최 의원한테도 미안하고."

"아닙니다. 전 됐습니다."

"내가 들어갔어야 하는데, 와이프를 고생시키고 있어요."

조국이 혼잣소리처럼 말하자 둘은 제각기 외면했다. 그때 조국이 고개를 들고 윤건영에게 말했다.

"윤 의원, 윤 의원이 우리당 개혁위원회를 맡아주셨으면 좋겠는데, 최 의원은 부위원장을 하시고."

"아이구, 왜 그러십니까?"

깜짝 놀란 윤건영이 손까지 저었고 최강욱은 고개를 저었다.

"전 안 됩니다."

조국이 더불어민주당의 개혁위원회 위원장으로 내정되어 있는 것이다.

개혁위원회는 초선의원을 중심으로 중진의원들도 포함되어 있다. 회원수 34명의 대조직이다. 그때 조국이 말을 이었다.

"난 와이프까지 저렇게 된 상황이라 면목이 없어요. 뒤에서 힘껏 도와줄 테니까 윤 의원이 맡아서 고생 좀 해줘요."

조국의 시선이 최강욱에게로 옮겨졌다.

"최 의원, 최 의원이 자꾸 그러시면 내가 몸 둘 곳이 없어, 부탁해요."

둘은 숨만 들이켜고 있다.

적폐청산, 한동훈의 팀이 이번에는 LH 한국토지주택공사의 땅 투기 비리 의혹을 터뜨렸다. 엄청난 사건이다. LH는 2009년 한국토지공사와 대한주택공사가 통합한 공기업이다. 거대 공기업이다. 전국 토지의 취득, 개발, 비축, 공급의 권한이 있으며, 토지개발, 정비, 주택건설과 공급, 관리 업무를 관장하는 터라 이런 권한을 이용하여 공사 직원들이 정보를 미리 취득, '땅 짚고 헤엄치는' 것처럼 비리를 저지른 것이다.

전 국민이 분노했다. 그 분노가 지금까지 모르고 있었던 문재인한테까지 튈 정도였다. 그것을 적폐청산팀은 숙련된 외과의처럼 처리했다. 한 달 동안 무려 1,427명을 구속하고 15조 7천억 원 상당의 부동산, 자산을 압류했다. 구속된 면면을 보면 코로나가 잊힐 정도다. 국회의원부터 보면 더불어민주당 7명, 사회당 8명, 자유한국당 6명이다. 국회의원만 21명이다. 장관 2명, 차관 7명, 기타 국장급 공무원 44명이나 된다. 국민은 적폐청산팀을 열렬히 응원했다. 한동훈 뒤에 윤석열이 버티고 있는 것이다. 그동안 윤석열은 전혀 언론에 드러나지 않았고 인터뷰도 하지 않았다. 한동훈도 가끔 짧은 코멘트만 했다. 적폐청산 대변인인 안종호 검사가 브리핑을 했기 때문에 전혀 정치적인 행동은 하지 않았다. 대숙정이다. 대청소다. 결국 윤석열의 대업적이 된 것이다. 세상에, 거대 3당 국회의원 21명을 구속하다니.

"문재인이 놔둔 거지."

천만다행으로 연루를 비껴간 김무성이 긴 숨을 뱉으면서 말했다. 전(前) 보좌관이 이번 LH 사건으로 구속된 것이다. 그놈은 보좌관을 그만두고 나서 일을 저질렀다. 하마터면 큰일 날 뻔했다.

"윤석열이가 저 혼자서는 죽었다 깨어나도 못 해. 문재인이 밀어준 거야."

"그거야 초등학생도 아는 사실이지."

유승민이 맞장구를 쳤다. 유승민 의원실 안, 안에는 김진태, 하태경, 태영호 의원까지 와 있다. 지나가다가 모인 것 같다. 김진태가 말했다.

"조국이 개혁위원회 위원장을 윤건영한테 넘겼다고 하더군요."

"아, 그건 사실이야."

김무성이 바로 말을 받았다.

"한 달쯤 전에 맡겼는데 물밑 작업을 하고 나서 이번에 공식화된 거지."

"정보가 빠르십니다."

태영호가 감탄했다.

"전 지금 알았습니다."

"보좌관을 잘 써요, 내가 하나 추천해드릴까?"

유승민이 물었다.

"부탁합니다."

"좋아요."

그때 김진태가 고개를 기울였다.

"추미애가 윤석열을 견제하기 시작하던데, 어떻게 된 일이죠?"

모두 잠깐 침묵했다. 그렇다. 모두 환호하고 한편으로는 윤석열팀의 위세에 침묵하는 상황에 돌발변수가 있다. 법무장관 추미애다. 추미애가 윤석열의 '월권'에 시비를 걸기 시작한 것이다. 그것이 시작된 지 얼마 안 되었다. 처음에는 추미애의 기질인 것으로 모두 이해했지만 이건 또 아닌 것 같다. 뭔가?

이승만과 김일성

이승만 동상은 전에 이순신 동상이 서 있던 장소를 차지했지만 크기가 3배쯤 되었다. 높이 20미터, 광장 면적에 비교해서 너무 크다는 전문가, 여론이 많았지만 문재인이 강행시켰다. 그쯤은 독재라고 하면 안 되지. 또 박정희 동상은 세종대왕 자리에 세워졌다. 처음에 이승만과 같은 크기로 계획되었다가 이것은 문재인이 양보했다. 그래서 15미터 높이로, 둘 다 양복 차림.

대구에서 올라온 백태진, 박숙자 부부가 이승만 동상 앞에서 기념사진을 찍는다, 마스크를 벗고 웃는 얼굴. 뒤에서 사진 박으려고 수백 명이 기다리고 있었기 때문에 얼른 끝내야 한다. 이곳은 건립된 지 한 달도 안 되었지만 광화문 광장은 어느새 '이승만 광장'으로 불리고 있다. '박정희 광장'이라고 부르는 사람도 좀 있었지만 뭐라고 부르든지 '광화문 광장'은 슬슬 기억에서 지워진다. 광화문보다는 훨씬 의미가 있지.

"저기 박정희 앞에서도 찍자."

백태진이 발을 떼며 말했다. 오후 2시 반, 6시 출발 KTX 표를 끊어놨기 때문에 시간은 좀 있다.

"에이구, 코로나인데도 사람 좀 봐."

오가는 인파에 치인 박숙자가 짜증을 냈다.

"코로나 풀리면 '이승만 광장'이 가득 차겠네."

박숙자는 이미 이승만 광장이라고 부른다. 박정희 동상 앞에서 사진 찍고는 박정희 광장으로 부르려나?

문재인의 방북, 이제는 북한 근로자가 한국에 6만 명 가깝게 와 있는 상황이어서 자유로를 통행하는 차량의 10퍼센트가 개성으로 간다고 했다. 이번은 3번째 방북인데 문재인 혼자 간다. 김정숙은 북한이 볼 것도 없는 데다 이설주하고는 대화가 통하지 않아서 그런 모양이라고 유튜버들이 씹었다. 오늘도 문재인은 자유로를 달려 차량으로 평양까지 간다. 이제는 개성에서 북한 측 차로 갈아타지도 않는다. 그래서 '현대차' 대열이 '개성평양' 고속도로를 달리는 장면이 TV에 펼쳐져 있다. 참, '개평' 고속도로는 잘 뚫리고 잘 달린다. 한국 건설회사가 완전히 아우토반을 만들어주었기 때문이다. 그 공사 기간이 넉 달밖에 안 걸려서 김정은은 한숨까지 내쉬며 감동을 했다는 소문.

고속도로를 달릴 때는 중계를 안 하던 TV가 문재인의 차량 대열이 평양 시내로 진입할 때부터 다시 생중계, 오후 3시 무렵.

"어, 저거 뭐야?"

코로나 억류에서 풀려나 화랑에 나와 있던 조길호가 놀라 소리쳤다. 화랑에는 마침 동네 친구 정성기가 와 있었는데 그도 눈을 둥그렇게 뜨고 있다. 보라, 차량 대열이 만수대의 김일성 동상 앞으로 다가가 멈춘 것이다. 김일성, 김정일의 거대한 동상 앞이다. 그리고 그곳에는 김정은이 기다리고 서 있다.

"저거 뭐 하는 거야?"

이번에는 정성기가 물었을 때 문재인 일행이 차에서 내렸다. 문재인, 국무총리 이낙연, 외교장관 강경화도 있다. 국방장관은 데려오지 않았지만 방문단은 50명 가깝게 되었다. 이제 문재인은 준비해 놓은 꽃다발을 받아 들고 동상 앞으로 다가간다. 방문단 모두 꽃다발을 들었다.

동상 앞의 제단 위에 문재인이 꽃다발을 내려놓자 옆으로 벌려 선 모두가 따랐다. 이윽고 문재인과 방문단은 고개를 숙여 묵념을 하고는 뒤로 물러섰다. 그 뒤쪽에서 김정은과 북한 관리들이 쳐다보고 서 있다.

"인자 저렇게 되었나?"

TV를 보던 정성기가 혼잣말을 했지만 조길호는 가만있었다. 말문이 막혔기 때문인데, 세상 참 변했다는 생각은 들었다. 옛날 같으면 문재인이 '항복'했다고들 난리를 쳤겠지. 그런데 그런 분위기는 아니니까, 하지만 약간 '거시기'한 것은 사실.

"이런, 예고도 없이 저건 좀 그렇네."

TV를 보던 국제투자금융 유영수 부장이 말했다.

"저러지 않아도 되는 걸 너무 오버하는 거 아냐?"

남북 평화 공존 시대가 도래하고 있기는 하다. 하지만 너무 앞서 가는 것 같다. 옆에 앉은 강수열 부장도 같은 생각인 모양이다, 고개만 끄덕이는 걸 보니.

그런데 문재인의 평양 방문 이틀째가 되었을 때 한국의 각 방송국에서 다른 장면이 보도되었다. 오후 3시가 되었을 때 KBS, MBC, SBS 방송 3사가 일제히 '이승만 광장'을 비춘 것이다. 보라, 북한 외무상 이영호가 이승만 동상 앞에 무지하게 큰 화환을 바치고 있다. 이곳은 꽃을 놓는 제단이 없어서 그렇다. 그리고 화환에 매달린 '방문자'가 '조선민주주의인민공화국 국방위원장 김정은'이다. 전국의 시청률은 말할 것 없다. 반응은 어제 문재인의 꽃다발 충격을 덮고도 남았다. 오늘은 이영호가 짧은 인터뷰까지 했다.

"앞으로 북조선 당 간부들은 서울에 오면 이승만 각하께 꽃다발을 바치게 될 것입니다."

그러더니 발을 떼는 것이다. 어디로? 뒤쪽의 박정희 동상 앞으로.

이영호는 '박정희 동상' 앞에도 김정은의 화환을 놓고 돌아갔다. 북한은 동상이 나란히 세워져서 꽃다발을 한 번만 놓으면 되었는데 한국은 두 번 걸음을 시키게 된 것이지. 이것은 김정은의 배려였다. 문재인을 위해서 재빠르게 손을 써 준 것이다, 이번 문재인의 방북은 양쪽 동상의 화환, 꽃다발 증정만으로도 역사적 사건이 되었으니까.

초대소의 만찬이 끝나고 문재인과 김정은의 단독 회담, 아예 밀담에 가깝다. 김정은은 김여정과, 문재인은 양정철과 함께, 방 안에는 넷뿐이다. 먼저 문재인이 말했다.

"오늘 이승만 동상에 답방해 주신 것, 고맙습니다. 국민들이 모두 놀랐고 기뻐했다고 들었습니다."

"당연한 일이지요. 저도 서울 가면 두 분께 인사드리겠습니다."

김정은이 상냥하게 말했을 때 문재인이 정색했다.

"아베 총리를 만났더니 한번 셋이서 만나자고 합니다."

"우리 둘하고 아베 말입니까?"

"그렇죠. 핵이 걸리는 모양입니다."

"일없습니다. 난 그놈까지 신경 쓰기 싫습니다."

"하지만 트럼프하고 아베 관계가 좋아요. 위원장께서 만나 이야기나 들어주시지요. 뭘 약속할 건 없습니다."

"그럴까요?"

김정은이 김여정을 보더니 고개를 끄덕였다.

"좋습니다, 셋이 만나십시다. 평양에서 보지요."

"날짜만 정해주시면 제가 아베 총리하고 가지요."

"알겠습니다. 그런데…."

김정은이 지그시 문재인을 보았다.

"남조선 괜찮습니까? 검찰총장 윤석열이가 다 잡아넣는다고 하던데."

"예, 저는 아직 멀쩡합니다."

김정은의 시선을 받은 문재인이 빙그레 웃었다.

"제가 땅을 조금 용도 변경한 것 때문에 사유서를 써냈지요. 현직 대통령은 소환 못 합니다."

"아니 대통령 힘이 그렇게 없습니까? 당장 고사기관총으로…."

"걱정 안 하셔도 됩니다."

"무슨 일 있으면 말씀만 하세요, 윤석열이 1백 명도 해치워드릴 테니까요."

"감사합니다."

"임기가 2년 남으셨지요?"

"2년도 안 남았습니다."

"큰일 났는데."

"왜요?"

"누구한테 대통령을 넘기실 겁니까?"

"글쎄요."

"조국이?"

"봐야 되겠어요."

"경기도 지사 이재명이가 뜬다던데, 순발력이 뛰어나다고도 하고."

"대통령은 운이 따라야지요."

"아유, 그거, 아드님을 시키면 안 됩니까? 더불어당, 사회당 합하면 헌법 개정도 될 텐데요."

"아이구, 그러면 큰일 납니다."

"저는 대통령께서 안철수를 후계자로 삼으신 것으로 알았는데…."

"그렇습니까?"

"그런데 조국이가 더불어당 국회의원이 되는 걸 보니까 그쪽도 가능성이 있더군요."

그러다가 김정은은 정경심이 떠올랐는지 또 화를 내었다.

"아니, 그, 조국의 처가 무슨 잘못이 있다고 감옥에 보냅니까? 그까짓 서류가 무슨 죄라고? 남조선은 문제가 많아요."

"조국이 들으면 고맙게 생각할 겁니다. 위원장님 말씀을 전하지요."

"어쨌든 후계자를 확실하게 정하시고 저한테 연락 주시지요. 그래야 대통령님의 뒤를 이어서 북남 화합 정책을 추진할 것 아니겠습니까?"

"고맙습니다."

문재인이 길게 숨을 뱉었다. 서울의 윤석열은 아마 귀가 간지러웠겠지, 고사기관총 소리까지 나왔으니.

밀담까지 다 끝나고 모두 돌아갔을 때 문재인이 방에서 메모지에 정리를 하고 있는 양정철에게 말했다.

"세상 사람들이 오늘 밤 우리가 나눈 밀담을 알게 되면 웃겠지?"

그때 양정철이 고개를 들었다.

"아닙니다, 감동할 것입니다."

정색한 양정철이 말을 이었다.

"대통령도 국방위원장도 다 평범한 인성으로 화도 내고 걱정도 한다는 사실을 알게 될 테니까요."

"그럴까?"

"저는 서로 걱정해주시는 분위기에 감동했습니다."

"이승만, 박정희 동상과 김일성, 김정일 동상이 악수를 한 느낌이야."

문재인이 그렇게 결론을 냈다.

트럼프의 모험

트럼프가 갑자기 날아왔을 때는 김정은과의 마지막 합의 때문이다. 곧 대선이 임박한 터라 트럼프는 대북 카드가 필요했다. 이곳은 판문점, 문재인, 트럼프, 김정은의 3자 회동. 트럼프는 싱가포르에서 약속받은 미북 간 동맹을 '터뜨리려고' 온 것이다.

"미스터 김, 먼저 3자 단독 회담을 하십시다."

오늘은 트럼프가 서둘렀다.

"통역 하나씩만 데리고요. 그렇지, 한국과 북한은 통역 하나만 써도 되겠다."

"그러지요."

김정은이 선선히 승낙했다.

"보좌관 하나씩을 대동하는 것이 어떻습니까?"

문재인이 둘을 보면서 묻자, 트럼프가 고개를 끄덕였다.

"당연히, 나는 폼페이오를 배석시키지요."

그래서 문재인은 강경화를, 김정은은 김영철을 대동하고 회의실로 들어섰다. 칸막이가 쳐진 회의실에는 타원형 테이블이 놓였고 의자가 마주 보게 배치되었다. 좌석 배치는 이렇다. 트럼프, 폼페이오가 위쪽에 나란히 앉았고 그 옆에 통역이, 좌측에 문재인과 강경화, 우측에 김정은, 김영철, 통역은 북측 최선희가 맡았다. 모두 자리 잡고 앉았을 때 트럼프가 굳은 얼굴로 말했다.

"자, 시작합시다."

지금 트럼프는 재선을 앞두고 북한과의 마지막 '딜'을 바라고 있다. 지난번 '동맹합의서'는 비공식으로 받은 터라 아직 발표는 안 했다. 북한 동의도 없이 발표했다가 북한이 '그건 위조다' 해버리면 끝장이기 때문이다. 트럼프는 탄핵을 당할 수도 있다. 트럼프가 김정은을 보았다.

"자, 이쯤 해서 북한과 공동 성명을 발표해야 하지 않겠소? 한국이 중재자로 참석한 3국 성명이라고 해두지."

최선희가 열심히 통역했고 강경화도 문재인에게 설명을 했다. 트럼프가 말을 이었다.

"미국과 북한의 동맹으로 한반도는 절대적으로 안전 지역이 될 것이오, 미국은 남북한과 각각 동맹을 맺는 셈이니까."

트럼프는 폼페이오가 건네준 '동맹합의서'를 손에 쥐고 흔들었다. 지난번 싱가포르에서 받은 서류다. 이것을 정식으로 양국이 발표하면 되는 것이다.

그때 문재인이 입을 열었다.

"대통령 각하, 조건이 있습니다."

순간 트럼프와 폼페이오가 몸을 굳혔고, 문재인의 말이 이어졌다.

"동맹의 조건이기도 하지요."

"뭡니까?"

트럼프의 미간이 좁아졌다. 그때 문재인이 말했다.

"북한 핵을 한국이 공동으로 보유하게 해 주시지요."

"어?"

통역을 들은 트럼프가 통역에게 물었다.

"다시 말해 봐."

다시 들은 트럼프가 문재인을 보았다.

"그게 무슨 말이오?"

"북한의 핵을 딱 절반씩 한국과 나눠 갖는다는 말씀입니다."

"왜?"

"미국과 동맹을 맺고 나면 당장 중국과 적대관계가 되어서 국경을 마주하게 될 텐데 핵이라도 보유하고 있어야 되지 않겠습니까? 한국도 말입니다."

"우리가 있잖여?"

"계속해서 미국 핵에만 의존하라는 말씀입니까?"

"그건 당연히."

그때 김정은이 나섰다.

"그게 말이나 됩니까? 무장해제 상태에서 미국에만 의존하고 중국을 상대하라고요? 우리가 그럼 미국 식민지가 되는 겁니까?"

"아니, 그건 싱가포르 때하고 말이 다르잖여?"

트럼프가 목소리를 높였을 때 문재인이 고개를 흔들었다.

"그건 동맹의 조건으로 말씀드리려고 했습니다."

그때 폼페이오가 나섰다.

"잠깐, 대통령 각하, 말씀드릴 것이 있습니다."

자리에서 일어선 폼페이오가 트럼프의 옆으로 바짝 다가섰다. 그때 트럼프가 일어나 폼페이오와 함께 벽 쪽으로 다가가 나란히 섰다. 은밀한 대화.

그사이에 김정은과 문재인이 서로 시선을 맞췄다. 그러나 대화를 나누지는 않았다.

밀담을 마친 트럼프와 폼페이오가 자리에 돌아와 앉았다, 둘 다 굳은 표정. 트럼프가 입을 열었다.

"북한에 미군을 주둔시킬 수 있겠소?"

"그건 안 됩니다."

김정은이 웃음 띤 얼굴로 말했다.

"남조선에 있는 것만으로도 충분하지요."

"좋아."

어깨를 부풀린 트럼프가 말을 이었다.

"내가 일본을 설득해 보기로 하지."

그렇지, 일본이 문제다. 남북한 양국이 핵을 보유하게 되면 가장 타격을 받는 국가가 일본이지. 고개를 든 트럼프가 둘을 번갈아 보았다.

"이건 내가 결단을 내려야 돼. 그러니까 당분간 핵 공동소유는 보류하고 먼저 동맹 발표를 합시다."

통역이 끝나기를 기다린 트럼프가 말을 이었다.

"북한 핵에 대해서는 당분간 언급하지 않을 테니까 말요. 무슨 말인지 아시겠지?"

그 당분간에 남북한이 핵을 나누든 숨기든 하라는 뉘앙스인가?

판문점, 오후 3시, 남북미 3국 공동성명 발표. 트럼프를 중심으로 좌우에 문재인, 김정은이 나란히 서 있다. 연단이 3개 준비되어 있는 것이다. 트럼프가 입을 열었다.

"미국은 북한과 동맹 관계가 되었습니다. 오늘은 역사적인 날입니다."

조금 전에 동맹 합의서 조인식이 끝났다.

고개를 든 트럼프가 앞에 모인 수백 명의 언론사 기자들을 보았다. 지금 이 장면은 세계에 생중계되고 있다.

"미국은 남북한과 동맹 관계가 된 것입니다."

이미 예상했던 일이지만 세계 각국의 시청률은 폭발적이다. 엄청난 사건이다. 그러나 중국 언론은 이 장면을 보도하지 않았다. 트럼프의 선언이 끝나고 김정은도 동맹 선언을 했고 맨 마지막에 문재인은 중재자로서 한반도의 평화가 마침내 이루어졌다고 선언했다.

문재인이 대미를 장식한 셈이어서 가장 인상 깊은 장면이 되었다.

"갓뎀."

돌아가는 에어포스원 안에서 트럼프가 투덜거렸다. 앞에 앉은 폼페이오도 심란한 표정이었다.

"그 노랭이 새끼들이 핵 공동소유를 내놓았어. 두 놈이 미리 짜고 있었던 거야."

폼페이오는 딴전을 피웠고 트럼프가 말을 이었다.

"이거 한국 놈들한테 당한 것 같은데, 어떻게 생각하나?"

"우리한테 큰 영향은 없습니다."

폼페이오가 지그시 트럼프를 보았다.

"중국과 일본까지 북한 핵을 어떻게 할 것이냐고 추궁하겠지요. 그것이 귀찮아질 것 같습니다."

"갓뎀."

트럼프가 어깨를 부풀렸다.

"중국은 무시하기로 하지, 북한의 자위용이니까. 일본이 좀 걸려."

"이렇게 끌다가 일본까지 핵무장을 하게 될지 모릅니다."

"그건 말려야지."

트럼프가 결단을 내렸다.

"내가 재선되고 나서 처리하지."

재선이 당면 문제다. 이제 북한과의 동맹으로 공화당은 물론 미국인의 지지도가 왕창 올라갈 것이다. 바이든 그놈은 뛰어봐야 벼룩이지.

장렬! 윤석열

추미애의 목표가 검찰개혁이었다. 신선했다. 윤석열보다 먼저 말을 꺼냈지만 법무장관은 실행력이 없다. 그래서 실제로 강력하게 집행하는 '윤석열팀'의 그늘에 가려진 것이지. 그 추미애가 이제 슬슬 전면에 나서기 시작했다. 법무장관의 권한이 있다. 이 권한으로 적절하게 검찰총장을 '관리'하기 시작한 것인데, 윤석열의 가차 없는 집행에 반발한 각계의 호응을 받았다. 세상이란 다 그렇지, 모두가 좋아하는 인물은 없어. 가차 없는 '칼잡이'는 적이 많은 법이다. 세상은 추미애, 윤석열의 전장(戰場)이 되었다. 제각기 명분이 있다. 추미애는 윤석열이 '월권' '정치 검찰' '다른 야망'을 품고 있다면서 눌렀고, 윤석열은 '공정' '정의'를 막는다고 반발했다. 더불어민주당은 추미애를 응원했으며 자유한국당은 윤석열파가 되었다. 사회당은? 반반이다, 항상 그래 왔던 것처럼. 그런데 조국의 처 정경심이 구속되면서 전장은 격렬해졌다. 세상이 친조국, 반조국, 친윤석열, 반윤석열로 나뉘었다. 조국은 피의자 신분이어서 추미

246

애가 나섰다. 추미애, 윤석열의 전쟁이다.

법무부장관 권한으로 검찰총장 직무 정지, 윤석열은 적폐청산의 도중에 직무 정지가 되었다. 그래서 거구가 어깨를 늘어뜨린 자세로 대검찰청 청사를 떠나는 장면이 TV에 떴다. 와락 몰리는 동정표.

이때 자한당이 나서야지. 정의의 사도, 불의에 굴하지 않는 의인(義人), 역대 최고의 검찰총장이라며 자한당은 환호하면서 문재인 정권이 추미애를 앞세워 적폐청산을 가로막는다는 사실을 폭로했다. 폭로, 폭로, 폭로.

다시 반전. 행정법원에서 윤석열이 낸 '직무정지 집행정지' 신청에 대한 판결, '직무정지'는 위법이라는 판결이 나옴으로써 윤석열은 다시 복귀, 영웅의 귀환이 되었다. 행정법원의 조미연 판사도 환호의 대상이 되었다. 이것이 바로 명성이지.

다시 검찰총장으로 복귀한 윤석열은 이제 집권층의 공적이 되었다. '문재인의 세상'을 거역한 반역자, 아군을 공격한 배신자, 나중에는 정치적 야망을 위하여 적폐청산을 이용한다는 모함이 쏟아졌다. 그러나 자한당은 물론이고 국민의 열렬한 지지를 받았다. 지도자를 갈망하던 보수 측 인사, 자한당, 중도 세력까지 윤석열을 차기 대권 주자로 옹립하고 있다.

"분위기가 심각합니다."

양정철이 조심스럽게 말했다. 청와대 집무실 안, 오전 9시, 문재인과 양정철의 독대, 양정철이 말을 잇는다.

"추 장관과 윤 총장의 전쟁으로 국론이 양분된 상황입니다."

그때 문재인이 고개를 들었다.

"글쎄, 내가 할 일이 있어야지."

눈이 흐려져 있었기 때문에 양정철이 한숨을 쉬었다. 둘 중 하나를 떼어놓든지 하다못해 불러서 주의라도 줘야 되지 않겠는가? 조국을 사랑하는 조국파는 대검 청사 앞에 몰려가 윤석열 물러가라고 데모를 하는 상황이다. 그때 문재인이 물었다.

"정경심 씨가 몇 년 형을 받았지?"

"4년입니다."

"좀 많네."

양정철의 시선을 받은 문재인이 말을 이었다.

"윤 총장 임기가 얼마 남았지?"

"6개월쯤 남았습니다."

"세월 참 빠르네."

다시 문재인의 눈이 흐려졌다.

"추 장관 임기도 1년 다 되었지?"

"좀 못 되었습니다."

"고생만 많이 했어, 추 장관이."

"…."

"근데 한동훈이 채널A 사건으로 좌천되었다고?"

"예, 대통령님."

"이성윤이하고 잘 하다가 적폐청산팀이 되고 나서 좀 서먹해졌나?"

"예, 이 지검장 밑에서 떠나 특검팀을 이끌고 있으니까요."

"그럼 윤 총장의 적폐청산 특검팀도 한동훈이가 없으니까 이빨 빠진 호랑이가 된 거 아녀?"

"하지만 윤 총장이 직접 지휘를 하니까요."

문재인이 딴소리만 하기 때문에 양정철이 맥 빠진 소리로 대답했다. 그렇다, 윤석열, 추미애 갈등 국면에 적폐청산 특검팀을 지휘하던 한동훈이 좌천되었다. 짧은 기간 동안 두 번이나 좌천되어 지금은 '법무연수원 연구위원'이다. 그때 양정철이 어깨를 부풀리고 말했다.

"윤 총장이 사직서를 내고 정치를 할 것 같다는 소문이 났습니다."

"나 같아도 그러겠다."

"자한당이 적극 영입할 것 같습니다."

"그러겠지."

"그렇게 되면 분위기가 이상해집니다. 자한당에다 사회당도 흔들릴 것 같고 더불어당에서도⋯."

"윤 총장이 그렇게 인기가 좋아?"

"적폐청산 작업으로 엄청난 이벤트를 했거든요. 더욱이 추 장관이 여러 번 곤경에 빠뜨리는 바람에 윤 총장 인기가 그때마다 솟아올랐습니다."

"그건 나도 알아."

고개를 끄덕인 문재인의 눈동자에 초점이 잡혔다. 문재인이 말했다.

"추 장관을 불러."

그날 오후 8시 반, 청와대 식당 안. 문재인, 추미애, 양정철 셋이 식사를 하고 있다. 추미애는 긴장해서 건성으로 숟가락을 놀리고 있다. 식사를 마치는 동안 딴 이야기를 하던 문재인이 물그릇을 들더니 추미애를 보았다.

"추 장관님, 정세균 총리가 아무래도 내년 대선에 나가려고 5개월쯤 후에는 사직할 것 같습니다."

추미애가 숨을 들이켰다. 그러나 똑바로 시선을 준다. 머릿속에서 오만 가지 생각이 솟아올랐다가 지워지겠지. 문재인이 말을 이었다.

"제 임기의 마지막 총리가 돼 주시죠. 그 부탁을 드리려고 뵙자고 했습니다."

"제가….'

말을 잇지 못한 추미애가 문재인을 보았다. 사양하는 시늉을 하기에
는 자존심 때문에 못 하겠다. 집권 마지막 총리라고 해도 일인지하 만인
지상의 총리다. 임명직 관료의 대망이다. 그러나 이 시기에, 갑자기 나가
는 것은 윤석열에게 밀려나는 꼴이 아닌가? 그 생각이 가장 먼저 머릿
속을 지배했다. 그래서 이렇게 서두를 꺼냈다.

"아직 마무리를 짓지 못한 일들이 많은데요."

"그건 저에게 맡기시고."

"그럼 누구를 제 후임으로….'

그때 양정철이 가볍게 헛기침을 했다.

그건 '댁께서' 상관할 일이 아니지 않느냐는 신호겠지. 추미애의 시선
을 받은 문재인이 빙그레 웃었다.

"윤 총장을 법무장관으로 승진시키겠습니다."

"….'

"청문회는 무난하게 통과되겠지요."

"….'

"본인이 사양할지 알 수 없습니다만….'

"그 사람 더 큰 야망이 있는 것 같던데요."

마침내 추미애가 이렇게 말해버렸다. 그때 한숨을 쉰 문재인이 부드
러운 시선으로 추미애를 보았다.

"대변인한테 추 장관님을 차기 총리로 내정하고 당분간 쉬시도록 하겠다고 발표하겠습니다."

그만하면 최고의 배려지.

그날 밤 10시, 청와대의 귀빈실 안, 이번에는 윤석열과 이성윤이 긴장한 표정으로 앉아 있다. 앞에 앉은 문재인이 둘을 번갈아 보았다. 전에는 윤건영이 약방의 감초처럼 옆에 붙었지만 지금은 국회의원이다. 오늘은 비서실장 양정철이 배석하고 있다. 윤석열과 이성윤은 각각 옆쪽으로 고개가 틀어졌다. 둘은 한동훈을 법무연수원으로 좌천시킨 후에 사이가 틀어졌다. 그래서 따로따로 와서 청와대에서 만나 눈인사만 했을 뿐이다. 어지간하면 윤석열이 먼저 말을 했겠지. 그러나 오늘은 안 했다. 윤석열은 진짜 한동훈이 억울하게 당했다고 믿는 입장이고 이성윤은 고집을 부렸다. 중앙지검 차장, 부장들이 혐의 없다고 기안을 9번이나 올렸어도 결재 안 했다. 총장인 윤석열이 '환장할' 노릇이지만 어쩌랴, 중앙지검장 소관인 것을. 패고 싶었을 것이다. 그때 문재인이 말했다.

"윤 총장, 법무장관을 맡아줘요."

"예?"

놀란 윤석열이 숨을 들이켰다. 이성윤은 눈을 치켜떴고, 양정철이 눈썹을 모으고 둘을 예의주시하고 있다. 문재인이 내처 말했다.

"저녁때 추 장관 양해를 받았어요, 그러니까 윤 총장이 법무장관을 맡아주시고…."

윤석열은 계속 숨을 안 쉬었고 문재인의 말이 귀빈실을 울렸다.

"장관이 되어서 적폐청산을 총지휘해도 되겠지요, 그리고."

윤석열의 대답은 들을 것도 없다는 듯이 문재인이 고개를 돌려 이성윤을 보았다.

"이 지검장은 검찰총장을 맡아주시고."

이성윤의 얼굴이 대번에 노랗게 굳어졌다. 문재인이 말을 잇는다.

"윤 총장이 못다 한 일을 잘 수습할 수 있을 거요, 내가 능력을 아니까. 그리고."

숨을 들이켠 문재인이 이성윤을 보았다.

"이 지검장 후임으로 거, 머시냐, 한동훈을 임명하면 되겠지. 새 장관하고 총장이 합의해서 한동훈을 중앙지검장으로 임명하는 것으로 합시다."

그러더니 자리에서 일어섰다.

"별일은 없겠지만 청문회 준비들 해요."

따라 일어선 윤석열과 이성윤에게 문재인이 손을 내밀었다.

"잘 부탁해요."

먼저 윤석열의 손을 쥔 문재인이 생각난 듯이 말했다.

"법무장관 반년쯤 하다가 그만두고 대선 후보가 될 수도 있을 테니까, 그땐 더 관록이 붙겠지요."

"아이구, 대통령님."

금세 얼굴이 붉어진 윤석열이 눈도 못 들었다. 문재인이 이성윤의 손을 잡고는 눈을 가늘게 떴다.

"법무장관 잘 모시게."

돌아가는 차에는 둘이 같이 탔다. 윤석열이 서울중앙지검장 차를 탄 것이다.

"물 좋은 데 있는데 술 한잔할래?"

윤석열이 은근하게 묻자 이성윤이 창밖을 향한 채 대답했다.

"아, 싫어."

"짜."

"혼자 마셔."

"네가 한동훈한테 전화해라."

이성윤이 숨만 쉬었을 때 윤석열이 어깨로 슬쩍 밀었다.

"야, 이 총장."

"아, 왜 이래?"

이성윤이 옆으로 떨어져 앉자 윤석열이 싱글벙글 웃었다.

"너, 추 장관하고 같이 나 깠지?"

"…"

"이제 내가 한동훈이하고 같이 널 까면 어쩔래?"

그때 이성윤이 고개를 돌려 윤석열을 보았다.

"그, 술집이 어디야?"

백신? 흥!

한국의 대기업이 무엇인가? 아니 누구인가로 물어야지. 짧은 역사를 지니고도 세계에 진출한 그 대기업의 위상은 흠도 있겠지만 공도 많다. 그 대기업의 집합된 힘, 문재인이 한국 역사상 처음으로 대기업의 힘을 '집합'시켜 세계시장으로 내몰았다. 그것도 단일목표를 향해, '백신 확보'. 세계 어느 국가가 이런 '딜'을 생각이라도 했겠는가? 한국 15대(大) 대기업이 5개 팀으로 나눠 세계로 뛰어들었다, 문재인에게 보답하기 위해서. 우스운 말이지만 그렇다, 문재인 뒤에 국민이 있으니까.

삼성, 한화 발표, 삼성과 한화는 한 조가 되어서 백신을 확보, 삼성 본관에서 두 회사의 대변인이 발표.

"우리는 정부의 방침에 따라 백신을 확보했습니다. 다음 주에 화이자 3억 회분이 인천공항을 통해 입고될 것입니다."

겸손한 발표다. 원고에 '문재인 대통령'이 들어가 있는 것을 청와대에서 정중히 요청, 뺐다. 그것이 문재인의 특명을 받은 지 5개월 후다.

그다음 날 현대가 주장이 된 백신 확보 조의 발표, 오전 11시.

"우리 조는 정부의 지원을 받아 얀센 1억 회분을 확보, 내일 공수됩니다."

같은 날 오후 3시, SK조.

"1억 2천만 회분 모더나가 다음 주에 공수됩니다. 그리고 모더나는 다음 달부터 한국에서 생산하게 됩니다."

LG조는 이틀 후다.

"아스트라제네카 2억 회분, 화이자 1억 회분이 다음 주에 입고됩니다."

"이거 도대체 합쳐서 얼마야?"

듣기만 해도 배가 부른 백태진이 박숙자한테 물었다. 계산이 빠른 박숙자가 눈동자를 굴리다가 대답했다.

"모두 8억 2천만 회분이네."

"그거 다 맞아야 하나?"

"미쳤어? 인구 5천만이니까 2방씩 맞으면 1억 회분만 있으면 됐지."

"나머지는 뭐 하지? 엿 바꿔 먹나?"

"아, 북한에나 좀 주고."

"그렇지, 대기업에서 구했으니까 남는 건 값 올려서 되팔겠군."

백태진이 고개를 끄덕였다.

"그나저나 보기 좋다, 대기업이 나서서 약을 구해오다니."

"세계에서 이런 나라는 없다고 합니다."

박숙자가 아는 체했다.

"대통령 잘 만난 덕이지."

"맞혀요."

문재인이 국무회의에서 말했다.

"다 맞고 봅시다, 그래서 세계 최초로 100퍼센트 코로나 면역 국가를 만듭시다."

지금까지 K방역으로 국민들은 질서를 지켜왔다. 한국인처럼 질서 의식이 강한 민족도 없다. 국가가 지시하면 따른다. 그것이 국민건강을 위한 것이니 5인 이상 집회 금지, 마스크 착용, 2미터 거리를 철저히 지켰다. 그 덕분에 감염률이 세계 최하위, 사망자 수 최하위를 기록했다.

하지만 사업장을 가진 사업가, 영업장은 집중적으로 피해를 보고 있었던 것이다. 그래서 2021년 초부터 대한민국은 백신접종을 시작했다. 어디서나 주민증만 제시하면 무료 접종이다. 화이자, 얀센 등 백신도 본인이 원하는 대로 접종이 된다. 그것이 어느 나라인가? 일본인가? 백신을 못 구해서 모처럼 얻은 백신 몇백만 회분을 과시하려고 기관총을 든 특공대를 백신 수송차에 따르게 한 장면, 그것을 본 국민들이 분노하는 바람에 연출했던 공보관이 파면되었다던가?

아베가 병을 핑계로 갑자기 사임하고 관방장관이었던 스가 요시히데가 내각 총리대신이 되었다. 문재인의 축하 전화.

"총리 각하, 취임을 축하합니다."

화상 통화에서 웃는 얼굴이 스크린에 비친다. 통역의 말과 함께 자막도 스크린에 찍힌다. 스가가 겸손한 표정을 짓고 대답했다.

"감사합니다, 대통령 각하. 많이 지도해 주십시오."

스가는 내각의 2인자인 관방장관을 오래 해 왔기 때문에 정무 감각은 탁월하다. 그때 문재인이 말을 이었다.

"제가 오히려 도움을 받아야지요. 그런데 총리 각하."

"예, 대통령 각하. 말씀하시지요."

"일본이 백신이 부족한 모양인데 한국이 나눠 드리겠습니다."

"아이구, 고맙습니다, 대통령 각하."

깜짝 놀라듯이 반긴 스가의 얼굴이 환해졌다. 아베가 총리를 사임한 이유는 이것저것 스캔들이 터진 것도 있지만 코로나 대책 실패로 지지율이 떨어졌기 때문이다. 문재인이 웃음 띤 얼굴로 스가를 보았다.

"곧 책임자를 한국에 보내시지요. 우리 보건복지부 장관이 기다리고 있을 것입니다."

"감사합니다, 대통령 각하."

스가의 목이 멘 것처럼 들렸다. 돕고 살아야지, 이렇게 우리가 주는 상황인데 한일합방 같은 일이 일어날 리가 있나?

북한에도 아스트라제네카 1억 회분을 보냈다. 북한 2500만 인구가 4방씩 맞을 양이다. 북한은 답례로 '백두산소주' 10만 병을 보내주었기 때문에 각 지자체에 골고루 나눠주었다.

정부는 각 대기업이 구매한 백신을 시가대로 구입, 대금을 즉시 지불했다. 기업에 폐를 끼치지 않은 것이다. 한국은 백신 대국이 되었다. 마스크는 슬슬 사라지더니 2021년 5월이 되었을 때는 사람들 눈 밑이 보이기 시작했다. 눈만 내놓고 다니는 바람에 세수도 안 하고 이도 안 닦던 놈들도 많았던 세상이다. 세상이 제대로 돌아가기 시작했다.

여론조사

"지난주 여론조사 결과입니다."

양정철이 서류를 내놓았다. 오전 9시 반, 보고하러 들어온 양정철이 말을 이었다.

"3개 기관의 평균은 지지도 68퍼센트, 부정평가가 23퍼센트, 유보가 9퍼센트입니다."

그때 문재인이 고개를 들었다.

"앞으로 여론조사 결과는 나한테 보고하지 말도록."

"예, 대통령님."

"결과를 들으면 내가 어쩔 수 없이 신경을 쓰게 돼."

문재인이 말을 이었다.

"여론에 따라 움직이게 된단 말이지."

"…"

"그런데 그 여론이라는 것이 다 옳은 것은 아니더라고."

"…"

"시간이 지나면 감정적인 여론에 쏠려 갔다가 큰 실수를 범한 적도 있었어."

고개를 든 문재인이 양정철을 보았다.

"소신껏 추진하고 나서 결과를 심판받을 거야. 물론 국민의 열망을 무시해서는 안 되겠지."

"무슨 말씀인지 알겠습니다."

여론조사 서류를 집으면서 양정철이 말했다.

"제가 가끔, 특별한 경우에만 보고드리도록 하겠습니다."

그리고 보고할 필요도 없다, 이대로 남은 임기까지 가더라도 떨어질 이유는 없으니까.

문재인도 안다. 이승만, 박정희 동상을 광화문 거리에 세워 놓은 후로 지지도가 많이 내려갔다. 그것은 아직도 이승만, 박정희에 대한 거부감이 많았기 때문이다.

그날 밤, 오후 8시 반, 인사동의 한정식당 '아리랑' 방 안에 김무성, 유승민, 홍준표가 앉아 있다. 앞에 한정식 상이 놓여 있지만 셋은 밥그릇 뚜껑도 열지 않았다. 김무성이 먼저 입을 열었다.

"이러다간 정권 교체도 물 건너가겠어. 도무지 일이 풀리지가 않아."

"여보쇼."

홍준표가 소주병을 집어 들면서 말했다.

"그러니까 좀 내다보고 발을 떼었어야지, 덜컥 탄핵을 시켜놓고 이게 무슨 꼴이여?"

"허, 사돈 남 말 하고 있네."

김무성이 헛웃음을 지었다.

"박근혜 탈당시킨 사람이 누군데?"

"나 혼자 시켰나?"

"아, 잠깐."

유승민이 손을 들어 말렸다. 각각 성향은 다르지만 셋은 자한당의 거물이다.

홍준표는 지난 대선에서 엄청난 표차를 냈지만 어쨌든 2위를 했다. 유승민이 입을 열었다.

"윤석열이가 법무장관이 되는 바람에 우리 당 영입은 물 건너갔지만 아직 희망은 있어요."

"또 누구요? 감사원장 최재형?"

홍준표가 고개를 흔들었다.

"꿈도 꾸지 마쇼. 그 사람 정치 안 해."

"후보는 우리 당 안에서 찾읍시다."

"누구?"

김무성이 상반신을 기울이며 물었다. 현재 자한당의 당 대표는 주호영, 원내 대표는 김기현이다. 그때 유승민이 대답했다.

"나경원."

"뭐?"

김무성이 눈을 치켜떴지만 홍준표는 눈을 가늘게 뜨고 째려보았다. 속을 들여다보는 것 같은 시선이다. 그렇게 5초쯤 지났을까? 먼저 김무성이 어깨를 늘어뜨렸다.

"하긴 운이 따르면 되겠지."

그러자 홍준표가 말을 받았다.

"문재인이가 저렇게 변할 줄 누가 알았어? 나경원이도 대통령 되면 남자로 변할지도 모르지."

"이보쇼, 농담 아닙니다."

유승민이 정색했다.

"생각해 보쇼."

"생각할 것도 말 것도 없어."

홍준표가 입맛을 다시더니 말을 잇는다.

"나경원한테는 미안하지만 이미지가 너무 약해."

"그럼 홍 의원처럼 강해야 되겠습니까?"

"왜 나를 비교해?"

홍준표가 버럭 화를 내었을 때 유승민이 길게 숨을 뱉었다.

"우리 고정관념을 깨 보십시다."

"당신이나 깨셔."

"좀 멀리 보자고요."

"난 시력이 나빠서."

그러자 둘의 문답을 듣던 김무성이 혀를 차고 유승민에게 물었다.

"어쩌자는 거요?"

말하다 보니 짜증이 난 김무성의 목소리가 높아졌다.

"또 여자 대통령 내놓고 탄핵당할라고?"

"아따, 말 심하네."

이번에는 홍준표가 나섰을 때 유승민이 정색했다.

"우리 박 대통령 찾아갑시다."

순간 둘이 숨을 죽여서 방 안은 숨소리도 나지 않았다. 유승민이 말을 이었다.

"박 대통령한테 나경원 지원을 맡깁시다, 그래서 이렇게 소리치게 하는 거요."

"…"

"나한테 부족했던 포용력, 자질을 나경원이가 갖고 있습니다! 하고."

"…"

"내가 이루지 못한 대한민국을 나경원이 마무리하게 해 주세요! 하고."

"…"

"국민 여러분! 문재인의 뒤를 나경원이 잇게 해주세요! 하고."

유승민의 얼굴이 상기되었고 목소리에도 열기가 띠어졌다.

"윤석열, 조국, 이재명, 이낙연, 정세균, 기라성 같은 여권 주자보다 약한 여자 분위기, 거기에다 박근혜의 처절한 응원을 뒤에서 받으면 승산이 있는기라."

"…."

"아까 홍 의원이 말씀하셨지만, 운이야. 그리고 나경원이 제2의 문재인이 안 되리라는 보장이 있습니까?"

그러고 나서 마지막으로 덧붙였다.

"갑자기 오래된 감기약 먹고 획 돌아버릴 수도 있으니까."

문재인이 산삼을 많이 복용을 해서 저렇게 변했다는 둥, 어떤 놈은 화장실에서 힘을 많이 쓰는 바람에 뇌핏줄이 터져서 그렇게 되었다는 둥 별놈의 여론이 다 떠도는 세상이다. 그놈의 여론, 어쨌든 야당 중진의 회의가 그렇게 끝났다. 결론은 금방 안 나지.

내곡동으로

찾아갔다. 박근혜의 내곡동 사저, 예약을 한 터라 박근혜가 응접실에서 기다리다가 방문객을 맞는다. 방문객은 며칠 전 '아리랑'에 모였던 셋 외에 당 대표 주호영과 원내 대표 김기현까지 다섯이다. 인사를 나눌 때 모두 어색한 분위기다. 박근혜는 오히려 표정 관리를 해서 담담하게 맞았지만 다른 사람은 안 그랬다.

울산시장을 그만두고 지난 총선에 국회의원이 된 김기현은 눈물을 글썽였다.

소파에 둘러앉았을 때 가정부가 들어와 각자의 앞에 인삼차를 내려놓고 나갔다. 7평쯤 되는 응접실이 꽉 찬 분위기다. 박근혜는 남색 블라우스에 바지 차림, 머리는 뒤로 묶었고, 화장기가 없는 얼굴, 흰머리가 눈에 띈다. 그때 김무성이 먼저 입을 열었다.

"진즉 인사를 하러 와야 했지만 면목이 없어서 미루고 있었습니다."

"아뇨, 괜찮아요."

담담한 목소리다. 이번에는 유승민.

"건강하시지요?"

"네, 돌아다니기도 뭐해서 러닝머신을 뜁니다."

"앞으로 하실 일이 많으신데 건강 챙기셔야죠."

홍준표가 말을 받았다. 그때 유승민이 헛기침을 했다.

"앞으로 어떻게 될 것 같습니까?"

박근혜는 시선만 주었고 유승민이 말을 이었다.

"대선이 1년 남았지 않습니까? 저희들도 대권 주자가 절실한 상황입니다."

"…"

"그래서 대통령님께 조언을 얻으려고 왔습니다."

그때 김무성이 입을 열었다.

"대통령께서는 누가 보수 야당 대권 주자로 적당하다고 보십니까?"

그때 박근혜가 쓴웃음을 지었다.

"전 탈당한 사람이라 말씀드릴 자격도 없는데요."

"죄송합니다."

탈당시킨 주역인 홍준표가 앉은 채로 허리를 굽혔다.

"이렇게 만나 주신 것만 해도 고맙습니다. 다만 도움이 필요해서 염치를 무릅쓰고 왔습니다."

"문 대통령이 잘하고는 있지만, 저희 보수 야당이 대한민국을 이끌어가야 되지 않겠습니까?”

유승민이 말했을 때 박근혜가 고개를 들었다. 시선이 창밖으로 향해 있다. 그때 옆얼굴에 대고 유승민이 물었다.

“나경원 의원을 어떻게 생각하시는지요? 이건 저희들 몇 명의 의견 입니다만 대통령님께서 지원을 해 주신다면 대권 후보로 세우려고 합 니다.”

“…”

“대통령님께서 이루지 못하신 일을 마무리할 적임자라는 생각이 들 어서요. 그것이 첫 번째 이유였습니다.”

“…”

“문 대통령의 지지도가 사상 최고를 기록하고 있지만 우리 당이 그 뒤를 잇지 못하겠습니까? 문 대통령의 업적은 바로 우리 당이 추구하 는 자유민주주의 체제에서 세워진 것이니까요, 정통성이 우리에게 있 습니다.”

그때 김무성이 말을 이었다.

“죄송합니다. 이 기회에 대통령님의 명예도 회복되었으면 합니다.”

박근혜가 고개를 들었기 때문에 모두 긴장했다.

“생각해 보겠어요.”

그 순간 다섯이 일제히 고개를 숙였다.

“감사합니다.”

다섯이 똑같이 그렇게 말했기 때문에 합창 같다. 원, '고맙습니다'란 말이 하나도 섞이지 않았네.

"음, 진땀이 났어."

돌아오는 차 안에서 홍준표가 옆에 앉은 주호영에게 말했다. 주호영은 박근혜에게 한마디도 하지 않았다. '얼었기' 때문이 아니라 여럿이 내질렀기 때문에 사양했겠지. 주호영의 시선을 받은 홍준표가 쓴웃음을 지었다.

"탈당시켜서 자격이 없다는 말을 들었을 때 말야."

"여전하시더군요."

주호영이 눈을 가늘게 뜨고 말했다.

"그 분위기 말입니다."

"젠장, 요즘 최순실이 자주 간다면서?"

"아, 그럼요. 이젠 못 만날 이유도 없지 않습니까? 정유라도 자주 간다는데."

"다 문재인 덕분이지."

"대구 표가 다 문재인한테 갔습니다."

이번에 대구에서 더불어당이 싹쓸이한 것 좀 봐요."

"아, 그만해."

이맛살을 찌푸린 홍준표가 주호영을 보았다.

"참, 윤석열이가 이번에 검찰 인사를 대대적으로 한다지?"

"그런 모양인데."

머리를 기울인 주호영이 말을 이었다.

"윤석열이 법무장관 그만두면 단박에 여권 대선 주자가 될 겁니다. 대선 전에 그만둘 거라는 소문이 났어요."

"어쩐지 내 예감이 맞았어."

홍준표가 말을 이었다.

"윤석열이하고 조국이를 경쟁시키는 이벤트를 할 거야."

"…"

"그래서 둘 중 하나가 결정되면 대선에 뜨는 거지."

주호영은 대답하지 않았다. 그러고 나서 사회당 안철수와 합당 이벤트를 하면 압도적이다. 이쪽에서 박근혜를 내세워도 문재인한테 족탈불급이다.

이곳은 김무성의 차 안, 김무성과 유승민이 뒷자리에 앉아 있다. 김기현만 혼자 제 차를 타고 간다.

"풀리지 않은 것 같은데."

유승민이 혼잣소리처럼 말했을 때 김무성이 창밖을 보았다. 반대쪽으로 고개를 돌린 것이다.

"쉽게 풀릴 리가 없지, 우리가 탄핵 주역인데."

김무성도 혼잣말을 잇는다.

"정권을 송두리째 좌파에 넘긴 원인 제공을 했잖아."

"우리가 다시 몰려가 도움을 요청해서 놀랐겠지."

"놀라기보단 기가 막힐 거야."

그때 둘이 고개를 돌려 서로의 얼굴을 보았다.

"탄핵이 정당했다고 우기면 안 되겠지?"

"문재인이 사면시켜주는 바람에 우리가 뒤통수를 맞은 거요."

유승민이 말을 이었다.

"그것이 정당화건 위법이건 간에 문재인이 선수를 쳐 버린 거지."

"…"

"우리만 똥 된 거지."

유승민의 시선을 받은 김무성이 얼굴을 일그러뜨리며 웃었다.

"환장하겠네."

어, 중국?

시진핑이 불렀다. 공식 국빈 초청이다. 이유는 뻔하다. 북미동맹과 핵 관계 문제를 한국 측에 문의하려는 것이다, 당사자인 김정은은 부르지도 못하고. 문재인은 이번에도 김정숙을 놔두고 혼자 베이징으로 떠났다.

이번 스케줄은 꽉 짜여 있다. 오후 3시에 영빈관에 도착한 후에 5시에 천안문 광장의 인민대회당으로 들어가 시진핑을 만났다. 시진핑은 오늘도 2인자인 리커창과 함께 문재인을 맞았는데 웃음 띤 얼굴이다.

"어서 오시오, 대통령 각하."

"주석 각하, 오랜만에 뵙습니다."

2017년 12월 13일에 3박 4일 일정으로 중국 방문을 했다. 이제 임기를 1년 남기고 시진핑을 다시 만난다. 문재인은 외교장관 정의용과 함께 접견실로 안내되었다. 접견실은 1백 평이 넘는 규모에 붉은색 기둥,

붉은 양탄자가 깔린 방이다. 시진핑은 마주 보는 자리에 문재인의 자리를 마련했기 때문에 동급으로 배려했다. 리커창과 정의용은 각각 오른쪽에 배석시켰고 통역은 왼쪽이다. 그때 시진핑이 입을 열었다.

"남북한이 미국과 동맹을 맺었기 때문에 중국이 고립된 상황입니다."

통역을 들은 문재인이 고개만 끄덕였고 시진핑이 말을 이었다.

"나는 평화를 추구하는 중국의 지도자로서 우려를 금할 수가 없습니다. 한반도가 미국의 식민지가 되려는 것입니까?"

문재인이 시선만 주었기 때문에 시진핑은 길게 숨을 뱉었다.

"대통령 각하, 한반도와 중국은 천년 우방입니다. 천년 형제국이었지요. 우리는 한반도의 비핵화와 우방국으로의 복귀를 희망합니다."

다 들은 문재인이 고개를 끄덕였다.

"잘 알겠습니다, 주석 각하."

시진핑과 리커창이 숨을 죽였고 문재인이 부드럽게 말을 이었다.

"제 임기 때까지 중국이 성의를 보여주시기 바랍니다, 그럼 제 후임한테 각별하게 부탁할 테니까요."

통역을 들은 시진핑과 리커창이 서로의 얼굴을 보았다. 그러더니 시진핑이 문재인을 향해 고개를 끄덕이며 물었다.

"어떤 성의 말씀입니까?"

"무역, 또는 한반도와 관련된 모든 일."

그러고는 문재인이 얼굴을 펴고 웃었다.

"중국이 먼저 성의를 보여주셔야 우리가 움직이게 되지 않겠습니까?"

맞는 말이다. 김정은이 이 말을 들었다면 '우리가 포로냐? 우리가 너네한테 항복한 상태냐?' 하고 물었을지 모르겠다. 뭘 내놓고 부탁을 해야지. 문재인은 심호흡을 했다. 이젠 대등한 관계다. 시진핑은 그것을 아는 것이다. 그러니까 먼저 보여줘야지, 그래야 남북이 대답을 할 것 아닌가?

그날 저녁, 만찬이 끝났을 때 시진핑과 리커창이 대화, 시진핑이 리커창에게 말했다.

"이것으로 한국과의 대화는 시작되는 거야. 이번에 뭘 얻을 수는 없겠지만 노력은 해야지."

"맞습니다. 우리가 너무 오만했던 것 같습니다. 저도 뉘우치고 있습니다."

"나도 자아비판 하고 있어."

시진핑이 길게 숨을 뱉었다.

"동북공정, 사드에 대한 과민반응, 그리고 무례한 외교, 한국 기업들에 대한 폐쇄 조치 등이 반감을 불러일으켰어."

"이번에 아주 철폐하겠습니다."

"유화책을 써야 돼. 한국부터 끌어들이면 북한은 따라올 거야."

"조금 늦은 감이 있습니다."

"그래도 서둘러야 해. 이대로 나가다가는 저놈들이 핵까지 갖고 무슨 짓을 할지도 몰라."

시진핑이 길게 숨을 뱉었다.

"만주에서 청나라가 생긴 것처럼 한반도에서 불이 일어날지도 모른단 말야."

리커창이 숨을 죽였다. 시진핑이 이런 소리를 하는 건 처음이다. 4년 전, 문재인이 처음 방문하기 전까지는 오만방자했던 시진핑이며 중국이다. 그런데 이제는 형세가 바뀌었다. 왜 이렇게 되었는가? 그때 시진핑이 번들거리는 눈으로 리커창을 보았다.

"북한 핵을 남쪽으로 얼마나 옮겼나?"

"위성사진을 분석한 결과 약 60기 정도인데 형체가 다양해서 정확한 구분은 안 됩니다."

"아이구, 저 때려죽일 놈들."

"계속해서 옮기고 있습니다."

"다 옮기는 건 아니지?"

"다 줄 리가 있습니까?"

"팔아먹는 건가?"

"글쎄요."

이번 문재인의 방중 요청은 '핵에 대한 토의'였기 때문에 내일 정상 회담 때 논의를 해야만 한다. '북한 핵에 대한 토의'인 것이다. 중국은 눈 뜬 바보가 아니다. 이미 북한에서 핵탄두가 남쪽으로 옮겨지고 있는 것을 탐지하고 있는 것이다. 그것을 추궁할까 말까 지금도 결정하지는 못했다. 상황을 봐서 말을 꺼내기로 한 것이다. 그때 시진핑이 한숨을 쉬었다.

"아이구, 내 집권 시기에 일 나면 안 되는데."

다음 날 10시, 정상 회담. 먼저 사회를 보던 리커창이 주위를 둘러보며 말했다.

"비공개 회담을 요청합니다. 이의 없으시지요?"

문재인이 고개를 끄덕였을 때 양국 대리인이 일어나 내부를 정리했다. 그러자 미리 구성된 회담 요원들만 남고 회담장이 비워졌다. 통역 포함해서 양국 요원은 각각 6, 7명 정도, 한국은 문재인, 비서실장 양정철, 외교장관 정의용, 안보수석, 국정원장이다. 시진핑이 먼저 입을 열었다.

"우리가 파악한 바로는 한국이 북한 핵을 나눠 받은 것으로 알고 있습니다. 핵탄두를 넘겨받고 발사대는 한국에서 제작하는 방식으로 벌써 65기가 조립되었다고 보고 받았습니다."

외면한 채 통역이 끝나기를 기다렸던 시진핑이 말을 이었다.

"이것은 남북한, 미국이 공모한 일이고 일본도 이제는 파악하고 있는 것으로 알고 있습니다. 이에 따라서…"

시진핑이 문재인을 보았다.

"한국 측이 적절한 해명을 해 주시기 바랍니다."

어제 시진핑과 인사를 나눴을 때와는 전혀 다른 분위기다. 그러나 문재인도 이제는 이런 분위기에 익숙하다. 문재인이 고개를 끄덕였다.

"한국은 전혀 그런 사실이 없습니다. 이런 지적을 받은 것에 심한 모욕감을 느낍니다. 주석께서는 오해하신 것 같습니다."

그러자 시진핑과 리커창 등이 저희들끼리 수근대더니 곧 시진핑이 말했다.

"알겠습니다. 다시 한번 검토를 하고 나서 연락드리지요."

이렇게 '핵 폐기 논의'가 끝났다. 하지만 중국은 '나는 알고 있다'는 식으로 짚은 것에 의미가 있었으며 한국은 '절대 아니다'라고 부정한 기록이 남았다. 서로 경고하고 '알았다 오바' 하는 제스처. 정상 회담이란 다 이런 거지 뭐.

그날 저녁의 또 만찬, 지난번 문재인이 혼밥을 먹었을 때는 시간이 좀 있었기 때문에 그런 기회를 만들었지만 지금은 아니다. 연속 만찬이라니, 그만큼 시진핑이 정중하게 모신다는 증거 아니겠는가? 초조하기도 했겠지, 만찬 중의 대화, 둘이 나란히 앉았기 때문에 뒤에 선 통역들이 재빠르게 허리를 굽혀 통역.

시진핑: 북한 핵탄두는 미국도 알고 있겠지요? 어디에 몇 개 있는가
　　　 를 말입니다.

문재인: 그럼요. 지금 우리 대화도 듣고 있을 텐데요 뭘.

시진핑: 에이, 그럴 리가 있습니까?

말과는 달리 목소리가 낮아졌다.

시진핑: 베이징에서 바로 평양으로 가시지요?

문재인: 그렇습니다.

시진핑: 김 위원장을 몇 번 초청했지만 응하지 않는군요.

문재인: 당연하지요, 오늘 같은 회담 분위기를 견디지 못할 테니까요.

시진핑: 도대체 핵탄두가 몇 기나 있습니까?

문재인: 처음 듣는 말입니다만….

시진핑: 김 위원장한테 안부 전해주십시오.

문재인: 알겠습니다.

시진핑: 한국 업체는 적극 보호하겠습니다. 한류도 방해하지 않을 겁
　　　 니다. 그래서 우호 관계를 되찾기 기대합니다.

문재인: 감사합니다.

이렇게 대화가 끝났다. 뒤에 서서 통역을 하던 두 명은 허리를 굽히고
있는 바람에 죽을 뻔했을 것이다. 그렇게 문재인의 마지막 한중 회담이
의미 있게 끝났다. 시진핑도 한국의 핵탄두 '보유'에 대해서 '경고'를 한
셈이 되었으며 한국은 '신고'하고 '시위'하는 효과를 얻었다. 그래서 한

국 업체 보호의 성과를 얻은 셈이다. 다 '핵 보유'의 대가다. 김정은 덕분이다.

왕가(王家)의 고뇌

　베이징에서 평양으로, 대한항공 대통령 전용기가 '떡' 하고 평양 순안 공항에 착륙했다. 비행기 문이 열리자 트랩 아래쪽에 서 있는 김정은이 보인다. 아예 바로 밑에까지 와서 서 있다. 문재인을 보더니 손까지 흔든다. 그 순간 문재인의 가슴이 미어졌다. 이제 경제는 풀리기 시작했지만 얼마나 힘들까? 저 옆쪽에 서 있는 70대 장군, 부장들을 보라. 저것들이 속이나 썩이지 말아야 할 텐데.

　계단을 내려간 문재인이 김정은의 어깨를 안고 포옹을 해버렸다. 전혀 어색하지 않다. 그런데 김정은이 너무 살쪄서 손이 등을 감지도 못하겠다. 포옹을 마친 김정은이 웃음 띤 얼굴로 문재인을 보았다.

　"시진핑이가 뭐라고 안 해요?"

　동네 건달 안부 묻는 것 같다.

　"안부 전하라고 하십디다."

그렇게 대답을 해 주었다.

　시내로 달리는 차 안, 뒷좌석은 마주 보는 좌석 배열로 김정은과 문재인은 마주 보고 앉았다. 벤츠에 김정은 옆에는 동생 김여정이 탔고, 김여정은 시선만 마주치면 생글생글 웃는다. 그때 문재인이 말했다.

　"내가 핵탄두 65기에 발사대까지 조립했다고 말하더만요."

　"저런 떼국넘이."

　김정은이 어깨를 부풀렸다가 내렸다.

　"위성으로 보았겠죠?"

　"예, 간첩들도 많이 와 있으니까요."

　"중국 놈들도 조선말 잘합니다. 간첩들요."

　"하지만 시간이 지나면 한국의 핵도 차츰 굳어지게 될 겁니다."

　"우리처럼 말씀이지요?"

　"예, 이번 회담은 중국이 한국의 핵에 대해서 처음 언급했지만 말입니다."

　"미국도 트럼프가 대선에 떨어지면 바이든이 지랄할 것 아닙니까?"

　"같이 겪으십시다."

　미국 대선이 사흘 후다. 트럼프는 북미동맹이란 전리품을 내걸고 대선을 치뤘지만 막상막하다. 바이든이 대통령으로 당선되면 새로 시작이지.

평양 대동강변의 제8초대소, 응접실에 김정은, 문재인, 김여정까지 셋이 앉아 있다. 오후 5시 무렵, 저녁 만찬이 있기 전에 김정은이 문재인과의 독대를 요구해서 셋만 둘러앉았다. 그때 김정은이 입을 열었다.

"당 간부 놈들이 도둑질을 해서 미치겠습니다. 어제도 세 놈을 총살시켰는데 매일 도둑놈들이 나옵니다."

한숨을 뱉은 김정은이 말을 이었다.

"도둑놈 잡으라고 감찰대를 만들었더니 감찰대장 놈이 횡령을 했습니다. 그래서 어제 그놈들을 총살시킨 겁니다."

김여정은 외면하고 있고 김정은이 찌푸린 얼굴로 문재인을 보았다.

"무슨 방법이 없을까요?"

"글쎄요."

"그 감찰대를 수사한 특별감찰대도 수상하다는 신고가 들어왔어요."

"…."

"이거 다 죽일 수도 없고."

"…."

"믿을 놈이 없습니다."

"그것 참."

"당 간부를 조사했더니 글쎄, 이놈들이, 경제담당 비서놈은 중국 친지 놈한테 5백만 불이 넘는 돈을 맡겨 놓았다가 잡혔습니다."

그때 문재인이 길게 한숨부터 쉬었다.

"우리도 마찬가지이긴 합니다. 그래서 적폐청산 작업을 하고 있는데 글쎄 끝없이 나오는군요."

"예, 들었습니다. 방송도 보고요."

따라서 한숨을 쉰 김정은이 문재인을 보았다.

"그래서 거기 윤석열이가 검찰총장에서 공을 세워서 법무장관이 된 것 아닙니까?"

"뭐, 그런 셈이지요."

"그, 한동훈이라고 했던가요?"

"맞습니다. 잘 아시네요."

"그놈이 칼잡이고."

"칼잡이라니요?"

"직접 잡는 놈 말입니다."

"아, 예."

"그, 윤석열이, 한동훈이는 뇌물 안 먹습니까?"

"아이구, 그럴 리가."

"뇌물 먹기 좋은 보직 아닙니까, 우리 특별감찰대처럼."

"그럴 수는 없을 겁니다."

"우리는 특별감찰대 놈들까지 뇌물을 먹었다니."

어깨를 부풀린 김정은의 두 눈이 붉어졌다.

"박격포로 쏴 죽여야 돼."

잠깐 화장실에 다녀오던 문재인에게 김여정이 다가왔다.

"대통령 각하."

김여정이 부르자 문재인이 멈춰 섰다. 응접실 밖의 복도에 둘이 마주 보고 섰다. 좀 떨어진 곳에 경호실장, 호위대 장군이 서 있었지만 감히 이쪽으로 못 온다. 바짝 다가선 김여정이 목소리를 낮추고 말했다.

"우리 지도자 동지하고 상의를 했는데요."

"예, 말씀하시지요, 부부장님."

문재인이 부드러운 표정으로 김여정을 보았다. 다른 사람은 어쩐지 모르지만 문재인에게는 김여정이 딸처럼 청순하고 예쁘다, 착하기도 하고. 김여정이 말했다.

"우리 특별 비자금이 있는데요, 그것을 남조선이, 아니 대통령 각하께서 관리해 주셨으면 해서요."

문재인이 '훅' 하고 숨을 들이켰지만 표시는 나지 않았다. 김여정이 말을 이었다.

"우리 39호실에서 관리를 했는데 믿을 놈이 없어서요, 그리고 특급기밀로 처리하고 싶어서 그럽니다."

"그럼 한국은행에 입금시켜 드릴까요?"

"아니, 한국 명의로 외국계 은행에요. 프랑스나 스위스, 미국도 괜찮습니다."

대충 짐작이 간 문재인이 김여정을 보았다.

"얼마나 됩니까?"

"약 25억 불."

"아!"

"오빠하고 제 지시만 받고 입출금이 가능하도록 해주세요."

"알겠습니다."

"한국의 대리인은 대통령님이 신임하시는 양 실장이 좋지 않을까요?"

"알겠습니다."

대답을 했다가 문재인은 문득 양정철이 일을 받아들일까 걱정을 했다. 나랏일이라고 해야지. 김여정이 웃음 띤 얼굴로 한숨을 쉬었다.

"도둑놈들이 많아서 그래요."

김정은이 초대소를 나갔을 때 문재인이 양정철을 방으로 불렀다. 그러고는 조금 전에 들은 김여정의 부탁을 말했더니 '뻥'한 표정으로 문재인을 보았다.

"저를 콕 집어서 말씀했습니까?"

"응, 콕 집어서."

"그럼 제가 북한 비자금 관리인이 되는 겁니까?"

"비밀로 해야겠지, 한국에서는 자네하고 나만 알도록."

"제가 못 한다고 하면 안 되겠지요?"

"안 되겠지."

"그렇게 측근에 믿을 사람이 없는 것일까요?"

"글쎄, 김 위원장 분위기를 봐선 한동훈이를 북한으로 데려가고 싶은 것 같더군."

"무슨 일로 말입니까?"

"칼잡이로. 오죽하면 그러겠어?"

순간 한숨을 쉰 양정철이 고개를 끄덕였다.

"알겠습니다, 대통령님."

그래서 양정철은 김정은 비자금 관리인이 되었다.

만찬, 다시 초대소로 돌아온 김정은의 분위기는 밝아져 있다. 모란봉 악극단이 초대소로 몰려와 만찬장에서 공연을 시작했기 때문에 떠들썩한 분위기, 무대에서는 댄서들이 노래에 맞춰 춤을 추고 있다. 저녁 식사 분위기는 활기에 차 있다. 그때 김정은이 옆에 앉은 문재인에게 낮게 물었다.

"이제 1년도 안 남았는데 다음 대통령은 누가 될 것 같습니까?"

"글쎄요."

고개를 기울인 문재인이 김정은을 보았다.

"누가 되든 남북관계는 나빠지지 않습니다. 점점 더 익숙해지고 발전 될 것입니다."

"대통령님."

김정은이 테이블 밑으로 손을 뻗쳐 문재인의 손을 쥐었다.

"임기 끝나고 나서도 절 도와주셔야 해요."

"당연하지요."

"평양에 초대소 하나 드릴 테니까 이곳에서 사시든지요."

"가끔 오겠습니다."

"그냥 여기 사시라니까요."

"예, 정리를 좀 하고. 참, 양 실장이 그 일을 맡겠다고 승낙했습니다."

"예, 압니다. 지금 여정이가 양 실장 불러서 둘이 이야기하고 있을 겁니다."

숨을 들이켠 문재인이 고개를 들어 양정철의 자리를 보았더니 비었다. 이런, 모란봉악단의 밴드, 노래는 세계 초일류 수준이다. 여자들이 중세 르네상스 시절의 미인형처럼 좀 '찐' 것이 그렇지만 문재인에게는 그것도 좋았다. 이렇게 평양의 밤이 왕가(王家)의 고뇌와 함께 깊어지고 있다.

돌출! 이재명

난세의 영웅, 전란 중에는 인재가 돌출하는 법이다. 문재인의 치세 중에서 가장 먼저 차기 대권 후보로 두각을 나타낸 인물이 이재명이다, 경기도지사. 별명이 '사이다', 항상 신선한 발언으로 속을 시원하게 해 준 영향으로 폭넓은 지지를 받는 인물 이재명이 적극적인 행보를 시작했을 때는 바이든이 미국 대통령으로 당선된 후다. 2020년 하반기부터 맹렬한 활동, 더불어당을 기반으로 이재명의 지지 기반이 급등, 조국과 쌍벽을 이루고 있다.

이곳은 일산의 일산병원 앞쪽 먹자골목 안, 족발 식당에서 박인수가 친구 윤택상과 술을 마시고 있다. 오후 7시 반, 둘은 이재명의 지지자다. 각각 고향은 전라도 장흥(박인수), 충청도 보은(윤택상)으로 다르다. 그러나 나이가 55세로 동갑인 데다 일산 장항동에서 같은 회사에 10년 동안 기술자로 일해왔다. 둘이 이재명의 지지자가 된 이유는 제각각이다. 박인수는 이재명의 고생한 어린 시절이 자신과 비슷했기 때문이라고 했다. 윤택상은 이재명의 화끈한 성품이 좋다나? 어쨌든 주변에는 '이재명빠'가 많다.

'빠'가 어떤 건지 아시는가? 50대쯤 되어서는 설득이 안 먹힌다. 아주 논리정연한 말이라도 '그래, 너 잘났어' 해버리면 끝이다. 한번 마음 먹으면 안 바꾼다. 뭐? 복지수당? 보조금? 위로금? 안 통한다. 그 이유가 뭔지 아시는가? 자존심이다. 오랫동안 뭉쳐진 자존심, 그래서 먹어도 안 바꾼다. 그 고집이 뭉쳐진 나만의 자존심.

바꾸는 방법은? 문재인뿐이다. 둘은 문재인을 존경하고 있기 때문이다. 그 문재인이 가리키면 그것을 보고 그것을 따른다. 그 방법뿐이다. 어떻게 해서 문재인을 존경하게 되었느냐고? 그냥. 아마 100명한테 물어봐도 다 그럴 것이다, '그냥'이라고. 이유를 대는 놈들은 말 많은 평론가뿐이겠지, 거짓말이 90퍼센트는 섞여 있는.

"조국은 안 돼."

둘은 더불어민주당 당원이다. 그런데 조국에 대해서는 비판적이다. 박인수가 말하자 윤택상이 고개를 끄덕였다.

"지난번에 너무 털려서 중도층도 다 돌아섰어."

"이재명뿐이야."

"신선하지, 잡음은 좀 있지만."

"더불당 의원의 절반은 이미 이재명한테 줄 섰어."

박인수가 말을 이었다.

"대세가 굳어지면 와락 몰려올 테니까."

"윤석열이 나오면 자한당, 사회당에서 끌고 간다는 소문이 났더군."

"소문이야. 윤석열이는 법무장관이 되어서 끝났어."

자르듯이 말한 박인수가 어깨를 부풀렸다.

"윤석열은 바람 빠진 풍선이야, 이제는."

윤택상이 입을 다물었다.

윤석열은 법무장관이 되고 나서 빛을 잃은 '별'이 되었다. 그것은 문재인의 인사 때문이다. 문재인의 정공법 인사가 단숨에 세상을 정상적으로 돌려놓았다. 세상에, 추미애에게 핍박받으면서 윤봉길 의사처럼 돋보이던 윤석열이다. 그 윤석열을 법무장관에, 이성윤을 검찰총장, 한동훈을 서울중앙지검장으로 임명한 인사가 단숨에 '윤석열 대권 주자'를 잠재우다니, 세상 돌아가는 현상이 참 신기하지 않은가?

이제 여권의 대권 주자는 이재명, 조국, 안철수까지 셋으로 모아졌다. 사회당 대표 안철수는 문재인이 세운 정당 대표지만 더불어민주당보다 선명성이 부족하다. '문재인의 정통성'을 이어받은 정당이 아니라는 뜻이다. 그래서 '문재인의 당'은 더불어민주당이며 안철수는 사생아 취급을 받는 것이다. 그래서 이재명과 조국의 2강(強)에다 이낙연과 정세균이 등장하고 있다.

경기도지사 관저 안, 오후 9시, 이재명이 김혜경에게 말한다.

"커피."

관저 안에는 둘뿐이다. 가정부가 있지만 김혜경은 8시 반이면 집으로 보낸다. 오전 9시에 출근하니까 이재명의 아침밥은 김혜경이 차려 줘야 한다. 김혜경이 커피 잔을 옆에 놓았을 때 이재명이 핸드폰에서 시선을 떼었다. SNS를 하고 있던 참이다.

"뭐 올렸어요?"

"보조금 문제, 의견을 묻는 거야."

커피 잔을 든 이재명이 한 모금을 삼키고 나서 말했다.

"피곤하군, 안티가 너무 많아."

"지지자들은 나대지 않아요."

김혜경이 말을 이었다.

"소신껏 해요, 지금까지 해 온 것처럼."

"대통령의 의중이 중요해."

커피 잔을 내려놓은 이재명이 김혜경을 보았다.

"대세는 일순간에 뒤집힐 수도 있어."

"당신이야말로 맨발로 뛰어서 여기까지 온 거야."

김혜경의 목소리에 열기가 띠어졌다.

"그 누구보다 떳떳해."

그건 그렇다. 이재명은 그야말로 필마단기로 이곳까지 달려왔다. 여권 안에서 사생아 취급을 받아오면서도 지금은 지지율 1위다. 그러나 갈 길은 아직 멀다. 언제 어디서 돌발 변수가 생길지 알 수 없는 것이다. 그때 이재명이 혼잣말을 했다.

"대통령을 한번 만나야겠어."

이틀 후, 오후 7시 반, 청와대 후문 근처의 '런닝'카페 안, 이곳은 조국 의원이 민정수석 시절에 애용하던 곳으로 지금도 청와대 간부들의 비밀회합 장소다. 문재인이 양정철을 대동하고 밀실로 들어서자 이재명이 일어섰다.

"대통령님, 죄송합니다."

이재명이 허리를 꺾어 절을 하면서 그렇게 말했다. 뵙겠다고 한 것에 대한 사과부터 한 것이다.

"죄송하긴, 나도 만나고 싶었는데 뭘."

문재인이 손을 내밀며 말했다. 하긴 그렇다. 서울시장 오세훈이, 제주지사 원희룡이, 전북지사 송하진이 둘이 만나자고 하면 만나 주겠는가? 대권 주자로 여론조사 1, 2위를 다투는 인물이니까 그러지.

셋이 원탁에 둘러앉았을 때 잠깐 정적이 덮였다. 무겁다. 이재명의 얼굴은 굳어 있다. 뭐, 코로나 문제, 보조금 문제 등 시간 떼우기용 이야기는 얼마든지 할 수 있겠지. 하지만 이런 분위기에서 그런 이야기로 시간 죽인다면 대통령 붙들고 장난치는 것처럼 보인다. 이재명이 고개를 들고 문재인을 보았다. 이것이 이재명식 돌파다. 조국은 좀 부드럽고.

"대통령님, 제가 뒤를 잇게 해 주십시오. 실망시켜 드리지 않겠습니다."

이재명이 절절한 표정으로 문재인을 보았다.

"제가 대통령병 걸리지는 않았습니다. 대통령님께서는 이제 위대한 대통령으로 역사에 남으실 것입니다. 저는 그 뒤를 이어서 그림자처럼 마무리를 하는 것으로 대한민국 위상을 굳히겠습니다."

그때 문재인이 고개를 끄덕였다.

"고맙습니다, 이 지사."

"더 이상 부담드리지 않겠습니다."

"알겠어요."

"제가 요즘 돌출 행동을 해 온 것에 대해서 심려를 끼친 것 같습니다. 앞으로 조심하겠습니다."

"아뇨, 괜찮아요."

앞에 놓인 생수병을 든 문재인이 말을 이었다.

"그대로 열심히 해요, 내가 응원해 드릴 테니까."

"예, 대통령님."

"이 지사는 자수성가의 전형입니다. 열심히 공부하고 일하는 사람들의 롤 모델이 되어 있어요. 그들을 위해서라도 성공해야 됩니다."

"감사합니다."

목이 멘 이재명이 숨을 들이켰을 때 문재인이 마무리를 했다.

"나는 행운아요, 이 지사 같은 동지가 있어서."

윤석열 등장

두 번째 내곡동 방문, 이번에는 박근혜가 요청했기 때문이다. 인원이 한 명 늘었다, 나경원이다. 김무성, 유승민, 주호영, 홍준표, 김기현은 그대로, 모두 탄핵 주역들이다. 김기현은 그때 울산시장이었다. 나경원, 아, 나경원은 탄핵파가 아니지, 그래서 탄핵 세력들이 박근혜 앞에 내밀기가 자연스러웠을까? 어쨌든 대단한 결단, 박근혜를 찾아가 도움을 요청한 자체가 '무릅쓴' 용기 아니겠는가, 실수로 빼앗긴 정권, 대한민국의 정통성을 가진 '우리'가 되찾아야 한다는.

응접실 안, 박근혜를 중심으로 여섯이 둘러앉았다. 어색하고 말이 엇갈리는 인사가 끝난 후, 잠깐의 침묵. 그때 박근혜의 시선이 나경원에게 옮겨졌다. 그것을 본 모든 사내들의 시선도 옮겨갔다.

아, 오늘은 나경원이 주연이다. 그제야 사내들이 재인식했다. 그래서 여기로 데려온 것인데 잊고 있었네. 박근혜가 물었다.

"나 의원, 마음고생 많이 했죠?"

"네?"

되물었던 나경원의 눈에 금방 물기가 덮였다. 그것을 어떻게 몇 마디 말로 표현할 것인가? 탄핵이 대세였을 때의 무력감, 번번한 낙선, 힘껏 외쳤지만 돌아오지 않는 메아리, 계파의 음모, 그리고 함정. 그러나 이번 김무성, 유승민이 주축이 되어 '한번 해보자' 하고 자신의 등을 밀었을 때, 놀라면서도 불안했다. 박근혜의 말이 이어졌다.

"석 달 동안 교도소에 있으면서 공부가 많이 되었어요, 마음공부."

모두 조용하다. 이건 나경원한테 하는 말이 아닌데.

"나와서 문 대통령의 정치를 보고는 내가 탄핵당하기 잘했다는 생각도 들고."

김무성이 소리 죽여 숨을 뱉었다. 김무성의 속말.

'저럴 정도면 내가 탄핵에 나서지 않았지. 암, 안 하고말고.'

유승민은 외면했다. 속말은 이렇다.

'역시 뛰어난 양반이야. 저 휘어잡는 카리스마 좀 봐, 김무성도 벌써 홀딱 넘어갔어.'

주호영.

'그땐 당이 산산조각난 상태였지만 면목이 없네. 확 사과해버릴까? 조금 늦었나?'

홍준표.

'저 양반이 다음 대선에 나갈 수 있을까?'

김기현.

'목이 메는군.'

박근혜가 나경원을 보았다.

"야당이 뭉치면 가능성은 있죠, 다만."

숨을 들이켰던 박근혜가 어깨를 늘어뜨리면서 둘러앉은 거물들을 보았다.

"이번에는 여당의 분열을 기다려야 될 것 같습니다."

"이 구도가 오래 갈까요?"

홍준표가 불쑥 물었다. 하긴 지금 여당은 이재명, 조국, 안철수 등으로 분열되어 있다. 그러나 이 자리에 모인 야당 중진은 물론이고 국민들은 다 안다. 문재인이 낙점한 인사로 통일이 될 것이다. 문재인의 낙점에 거부할 인사는 없다. 그때 박근혜가 말했다.

"문재인의 치세 덕분에 여권에서 잠룡들이 많이 나왔어요."

치세라니, 박근혜의 입에서 저런 소리가 다 나오는구나. 모두의 얼굴이 그런 표정이다. 그때 박근혜가 말했다.

"알겠습니다, 오늘은 이만 끝냅니다."

이렇게 나경원에 대한 상견례는 끝났다.

"박 전 대통령이 나경원을 대선 후보로 민다고 합니다."

양정철이 그렇게 보고했을 때는 오후 12시 40분, 문재인이 오늘은 청
와대 식당에서 점심 먹으려고 식당으로 들어서는 참이었다. 수행한 양
정철이 말을 이었다.

"당 간부들이 비공식으로 추천, 어제 박 전 대통령을 만났다고 합
니다."

그것은 언론에도 보도되었다. 다만 '나경원이 대선 후보'라는 내용
은 없었을 뿐이다. 식당에 둘이 마주 보고 앉았을 때 양정철이 말을 이
었다.

"김무성, 유승민, 주호영이 박 전 대통령을 찾아가 도움을 요청한 것
이 충격적이긴 하죠."

"그래야지."

6가지 찬의 백반이 놓여 있는 식탁을 둘러보면서 문재인이 말했다.

"탄핵은 시켰지만 그때는 그때고, 몰려가서 도움을 청하는 모습들이
멋있잖아?"

"멋있기는요, 다급해서 그랬겠죠."

"그걸 받아들인 박근혜 씨도 통이 크고."

이제는 양정철이 가만있었고 문재인이 수저를 들면서 물었다.

"현재 여권에서 대선 후보가 몇 명이지?"

"이재명, 조국, 안철수, 이낙연, 정세균입니다."

양정철이 술술 대답했을 때 문재인이 고개를 끄덕였다.

"당에서 곧 결정을 해야겠지."

"여론조사에서는 이 지사가 리드하고 있습니다."

문재인은 수저로 된장국을 떠먹었고 양정철이 말을 잇는다.

"그리고 윤 법무장관 주변에서 대선 출마설이 번져 나오고 있습니다."

"…"

"윤 장관이 다음 달에 사직서를 낸다는 소문도 나옵니다."

"…"

"그렇게 되면 여권 대선 주자는 더 늘어날 것 같습니다."

"윤 장관 인기가 높지?"

입 안의 음식을 삼킨 문재인이 묻자 양정철이 정색했다.

"지난번 적폐청산 작업으로 인기가 치솟았다가 지금은 잠잠해진 상황인데 대선 출마 결심을 하면 다시 솟을 것 같습니다."

문재인이 고개를 끄덕였다. 담담한 표정이다. 이제 대선이 10개월 전이다.

"박근혜의 등장이 윤석열을 건드린 것 같은데."

"예?"

머리를 기울인 양정철이 문재인을 보았다. 이해가 안 간다는 표정이다.

"그건 왜 그렇습니까?"

"내 감(感)이야. 내곡동에서 부는 바람이 법무부로 날아간 것 같아."

양정철이 수저를 든 채 시선만 주었다. 이 양반이 점(占)을 치나? 하는 표정이 잠깐 덮였다.

문재인의 치세로 여당은 대선 후보가 난립한 반면, 야당은 위축된 상태였다가 박근혜를 매개체로 돌파구를 찾은 셈이다. 오죽했으면 김무성, 유승민 등 탄핵 주도 세력이 안면몰수하고 박근혜를 찾아갔겠는가? 문재인의 말마따나 '대담한 용기'이고 결단이다. 순발력이 탁월하다고 볼 수도 있다. 더구나 대선 주자로 나경원을 내세우다니, 미화시켜서 말하면 살신성인의 자세로도 볼 수 있다. 이러니 정치 고수들이지.

또 내곡동, 오늘은 나경원이 혼자 왔다. 불려서 온 게 아니라 연락을 하고 온 것이다. 박근혜는 순순히 오라고 했고, 응접실 안에는 놀랍게도 최순실이 앉아 있다. 나경원이 놀라 주춤거렸더니 박근혜가 웃었다.

"왜? 내가 최순실 씨 코치 받고 이야기할 것 같아서?"

"아닙니다."

당황한 나경원이 손까지 저었다. 그때 최순실이 따라 웃으며 말했다.

"내가 피하는 게 더 오해를 불러일으킬 것 같아서요. 나 의원께서 제가 하는 걸 보시고 판단하시죠."

그러자 박근혜가 끄덕였다.

"맞아, 그것도 내 잘못이야. 내가 공개적으로 행동해야 했어."

박근혜가 정색하고 나경원을 보았다. 이제 용건으로 들어가자는 표정.

"가능성이 있을까요?"

반듯이 앉은 나경원이 묻자 박근혜가 풀썩 웃었다.

"가능성이 있어야만 도전하나? 불가능하지는 않다고 자신감을 가져 야지."

"알겠습니다."

"당 중진들이 단합해서 지원해 준다니까 나 의원은 그것을 고맙게 받아들여야 할 것이고."

"네."

"욕심을 버리도록 해요, 나만이 뭘 할 수 있다는 자만심도 버리고."

"그런 건 없습니다."

"문재인 씨는 다 버리니까 다 얻었어."

박근혜의 눈동자가 흐려졌다.

"내가 꿈도 꾸지 못한 일들을 다 이루었어."

"단점은 있겠지요?"

불쑥 나경원이 묻자 박근혜가 쓴웃음을 지었다.

"우리 입장에서는 완벽한 대통령이야, 역사에 남을 위대한 대통령 이지."

"…."

"하지만 좌파 세력은 억눌렸고 대세에 밀려 분을 참고 있어. 김정은 까지 문 대통령을 믿고 의지하는 터라 위축된 상태야."

박근혜의 눈동자가 반짝였다.

"문 대통령이 그 좌파들을 수용한 사회당이 대선 때가 되면 분열할 거야."

"…."

"한국의 좌파는 70년 역사를 갖고 있어. 그들을 포용하고 지배할 수 있는 사람은 문재인 하나뿐이었는데…."

박근혜가 말을 잇지 못했다. 다른 누구도 안 된다는 뉘앙스인가? 한 동안 다음 말을 기다리던 나경원이 다시 물었다.

"그럼 여당이 분열되면 승산이 있을지 모르겠군요."

나경원의 시선을 받은 박근혜가 천천히 고개를 끄덕였다.

"그리고 나 의원이 마음을 비우고 나서야지."

"문재인의 뒤를 이어 간다고 하겠습니다."

나경원이 마무리를 했다.

박근혜의 내곡동 사저가 언론에 등장한 지 일주일, 그동안 여당 중진들이 두 번, 나경원이 한 번 다녀갔다. 그 일주일 동안 여론은 '박근혜 등장'에 대해서 끊임없이 보도했다. 그리고 그 8일째 되는 날 아침, 법무부

청사로 출근하던 법무장관 윤석열이 갑자기 계단 밑에서 우뚝 걸음을 멈추고 기자가 내민 핸드폰에 대고 말했다.

"나는 오늘 자로 법무장관을 사임합니다."

놀란 기자가 핸드폰을 더 내밀었고 주위의 기자들이 '우' 몰려왔다. 그때 윤석열이 다시 말했다.

"나는 오늘 자로 법무장관을 사임하기로 결심했습니다."

"이유는 뭡니까?"

기자 하나가 소리치듯 물었을 때 윤석열이 대답했다.

"다른 방법으로 국가와 민족, 그리고 지명권자인 문재인 대통령님의 기대에 부응하고 봉사하기 위한 방법을 찾기 위해서입니다."

"그 방법이 뭡니까?"

다른 기자가 물었지만 윤석열은 발을 떼었다.

"대권에 도전하겠다는 뜻이지."

TV로 그 장면을 보던 홍준표가 고개를 끄덕이며 말했다. 예상했다는 표정이다. 국회의 홍준표 의원실 안, 옆에는 주호영이 앉아 있다.

"마침내 윤석열이 나왔군, 적폐청산의 주역이."

"여권에 엄청난 파장이 일어날 것입니다."

주호영이 이미 장면이 지나간 TV를 응시하며 말했다.

"이제 대권주자 1위가 윤석열이 될 겁니다."

그때 홍준표가 고개를 끄덕였다.

"박근혜 등장이 몰고 온 파장이야."

문재인 만세!

"대통령님께 허락을 받은 겁니까?"

윤건영이 따지듯 묻자 양정철이 고개를 기울였다.

"글쎄, 전화를 드렸을 수도 있죠, 요즘은 대통령께서도 이쪽저쪽에 통화를 자주 하시니까."

둘은 청와대 후문 근처의 그 유명한 '런닝'카페 밀실에 앉아있다. 조국의 단골집이었던 곳, 어깨를 부풀렸다가 내린 윤건영이 양정철을 보았다.

"윤석열이 자한당으로 가면 우리가 골치 아파집니다, 그럴 가능성이 90퍼센트지만."

"이봐요, 윤 의원, 그렇게 심각하게 생각할 것 없어요."

양정철이 달래듯이 말했다. 오후 7시, 윤석열이 전격적으로 법무장관 사임을 발표한 사흘째 되는 날이다. 윤건영의 요청으로 둘은 이곳에서 비밀회동을 한다. 그때 윤건영이 한숨을 쉬었다.

"대통령님이 어떻게 만든 나라인데, 이거 죽 쒀서 개 주는 꼴 아닙니까?"

"에이, 설마."

"윤석열이 자한당 김무성, 유승민을 만났다는 소문이 났습니다."

"누가 그럽니까?"

"윤석열 측근."

"측근 누구?"

"뭐, 고등학교 동창도 있고, 대학 동창도 있고."

"다 카더라 소문이오."

"나갈 때 대통령님께 인사했는지 안 했는지 모르세요?"

윤건영이 또 묻는다. 윤건영은 이게 중요한 거다. 대통령이 그만큼 키워줬으면 인사를 하고 가는 게 도리 아닌가?

닷새째, 윤석열이 사직한 지 닷새째가 된다는 말이다.

"대선후보 지지율이 42퍼센트요."

하태경이 말했을 때 유승민이 눈을 흘겼다.

하태경 의원실 안, 유승민이 지나다가 들른 것이다.

"이봐요, 지나는 바람이야. 아직도 9개월이나 남았어."

"하지만 대선 출마 이야기도 안 했는데 지지율 좀 보세요. 정치권에 새바람을 요구하는 기운이 느껴집니다."

"그건 그런데."

유승민이 고개를 기울였다.

"윤석열이 사회당으로 갈라나?"

사회당 대표는 안철수, 안철수 또한 유력한 대권 후보 아닌가?

눈을 가늘게 뜬 유승민이 말을 이었다.

"사회당에서 안철수와 함께 대선후보 이벤트를 하면 태풍이 일어날 거야."

한 달째, 이곳은 사회당 당수 겸 대표 안철수의 의원실 안, 사회당 원내총무 유성엽이 안철수에게 말했다.

"공부를 한다는데요. 경제, 도시정비, 세무 관계의 전문가들을 만나서 강의를 듣는답니다."

"들었어요."

안철수의 얼굴에 웃음이 떠올랐다.

"요즘 한국에는 윤석열 이야기뿐이니까, 부러워요, 나는."

"한번 만나 보시지요."

"에이, 부담주기 싫어요."

"왜요?"

"만나자고 했을 때 그럴 생각도 없었다면 부담을 느낄 것 아닙니까?"

"아이구, 그런 것까지 신경 쓰십니까?"

정색한 유성엽이 안철수를 보았다.

"윤석열은 우리 사회당에 가장 어울립니다, 여기서 대표님과 함께 이벤트를 하면 우리가…"

"아유."

안철수가 손까지 저었다. 그러고는 웃었기 때문에 유성엽은 입을 다물었다. 이게 안철수의 장점이지 뭐, 누구는 단점이라고 하겠지만.

술잔을 든 조국이 둘러앉은 의원들을 보았다. 시선을 받은 모두의 반응은 제각기 다르지만 부드럽다. 따뜻하고, 그렇지, 어디든 다 대립이 있다. 음지와 양지, 좌우, 동서, 그것의 적절한 조화가 사회를 세상을 발전시키기도 하는 건데.

"우리가 분열하면 안 됩니다."

최강욱이 불쑥 말했다. 이곳은 여의도의 일식집 도쿄, 방 안에는 10여 명의 의원이 모여있다. 이른바 '개혁모임'을 끝내고 단합대회, 오후 8시 반, 그때 누군가 말을 받는다.

"윤석열이 사회당, 자한당, 어느 곳에 붙어도 상관없습니다. 이 지사와 조 의원의 승자가 차기에 대권을 잡을 겁니다."

지금 더불어민주당은 조국, 이재명, 양강(强) 구도로 나뉘어 있다. 그리고 문재인의 대통을 이은 성골이다. 조국도 정경심의 구속으로 오히려 지지자들이 강력하게 응집했다. 전화위복이다. 조국에 대해서 비판

적이었던 인사들도 대부분 돌아섰다. 이것이 바람이다. 운(運)이라니까?

그때 조국이 입을 열었다.

"점점 구도가 분명해지는 것이 좋아요. 이제 저도 마음을 굳혔습니다. 해봅시다."

"와!"

주위에서 탄성이 일어났다.

"화이팅!"

외침도 일어났다. 조국이 마침내 대선 출마 결심을 밝힌 셈이다. 지금 까지 구체적인 언급을 피해오던 조국이다. 윤석열의 사임과 대권 행보 (?)에 자극을 받은 것인가? 마침내 출마를 선언했다.

"어젯밤 조 의원이 대권 출마를 선언했습니다."

양정철이 보고하자 문재인이 고개를 끄덕였다. 오전 8시 반, 청와대 집무실 안, 언론에 이미 보도된 내용이지만 양정철이 말을 이었다.

"이제 정식으로 나선 셈이지요. 조 의원이 그렇게 선언 안 해도 기정 사실화되어 있었지만 윤석열 씨 때문에 자극을 받은 것 같습니다."

"그런가?"

되물은 문재인의 눈빛이 흐려져 있었기 때문에 양정철이 심호흡을 했다. 가슴이 답답해졌기 때문이다. 그래서 불쑥 말이 나왔다.

"윤 의원이 윤석열 씨가 대통령님께 인사하고 떠났느냐고 물은 것이 계속 마음에 걸립니다."

"허, 그래?"

"지금 사방에서 윤석열 씨를 데려가 시너지를 받으려고 야단법석입니다."

"그런 것 같네."

"윤석열 씨는 그것을 즐기는 것 같구요."

"나라도 그러겠다."

"대통령님께 도리가 아닙니다."

"왜?"

"대통령님의 치세 뒷부분을 흐려놓는 느낌이 듭니다."

"에이, 무슨 치세라고."

"인사했습니까?"

마침내 양정철이 물었다. 이번에는 단도직입적으로, 젠장. 그때 문재인이 눈의 초점을 잡고 양정철을 보았다.

"조 의원한테 내가 보잔다고 전해."

"예, 조국 의원 말씀이지요?"

양정철이 확인하듯 물었을 때 문재인이 고개를 끄덕였다.

"응, 거시기, 후문 근처의 '런닝'카페에서."

놀란 양정철이 숨을 들이켰다. 이 양반이 그곳도 기억하나? 그러고 보니 '런닝'카페 잘 가던 놈들은 다 도망갔구나.

2021년 6월 26일 토요일 오후 7시, 런닝카페, 양정철을 앞세운 문재인이 밀실로 들어서자 자리에 앉아있던 조국이 벌떡 일어섰다.

"그동안 안녕하셨습니까?"

허리를 굽혀 절을 하는 조국의 얼굴은 상기되었고 눈이 금세 흐려졌다.

"응, 요즘 마음고생이 많지?"

문재인이 손을 내밀며 물었을 때 조국은 숨을 들이켜는 바람에 대답할 기회를 놓쳤다. 자, 원탁에 셋이 둘러앉았다. 익숙한 방이지. 원탁 위에 생수병, 콜라, 사이다가 놓여 있어서 드시면 된다. 그때 문재인이 입을 열었다.

"당에서 경선을 하겠지?"

"예, 대통령님."

"전에 이 지사가 나 보자고 해서 만났어. 여기서 만났던가?"

문재인이 쳐다보았지만 양정철은 대답하지 않았다. '그런 거에 대답해서 대통령님 집중력을 흐트리지 않겠습니다'인가? 다시 문재인.

"내가 이젠 그런 일까지는 간여 못 해, 전에도 안 했지만."

"예, 대통령님."

조국이 깜짝 놀란 표정을 짓고 대답했다.

"그러셔야 합니다."

민정수석으로 돌아왔다.

312

"저도 누를 끼쳐 드리지 않겠습니다. 그럴 바에는…."

"그렇지만."

말을 자른 문재인이 손목시계를 보는 시늉으로 왼쪽 팔목을 보았지만 시계도 안 찼네, 그때다. 문에서 노크 소리가 들리더니 문이 열렸다. 그때 조국이 숨을 들이켰다. 이게 누구여?

윤석열이다. 윤석열이 그 거구를 기역자로 꺾어 문재인한테 절을 했다.

"응, 어서와요."

자리에서 일어선 문재인이 손을 내밀며 말했다. 양정철, 조국도 따라 일어서 있다.

"기다리시게 해서 죄송합니다."

윤석열이 사과하자 문재인이 웃었다.

"내가 조 의원하고는 7시, 윤 장관하고는 7시 반 약속을 잡은 거요. 참, 이제 장관이 아니구나."

조국과 양정철과도 인사를 나눈 윤석열이 자리에 앉았다. 이제 넷이 되었다.

자, 대화. 먼저 문재인이 입을 열었다, 윤석열에게.

"뭐, 윤 장관이 나한테 인사도 안 하고 떠났다는 사람도 있는 모양인데."

문재인의 얼굴에 웃음이 떠올랐다.

"이젠 바깥세상 물정도 대충 겪었을 테니 마음 놓고 이야기해요."

그때 윤석열이 고개를 들었다. 정색한 얼굴.

"이 정권에서 제가 이렇게 일을 했는데 대통령님을 떠날 수가 있겠습니까?"

"떠나기는."

문재인이 가볍게 말을 받는다.

"역시 이 카페 이름이 안 좋아. 여기서 자꾸 그런 말이 나온단 말야."

그때 윤석열이 말을 이었다.

"제가 내일 더불어민주당에 입당 신청을 하겠습니다."

놀란 조국과 양정철까지 숨을 들이켰고 윤석열이 말을 이었다.

"그리고 더불어민주당의 정권 재창출을 위해서 노력하겠습니다."

그때는 조국과 양정철의 정신이 멍해진 상태여서 문재인의 말도 흐릿하게 들렸다.

"이런, 나는 인사나 받을까 했는데 그런 이야기는 나한테 할 필요는 없고."

"대통령님을 모시게 된 것은 제 일생 최대의 영광이었습니다."

윤석열의 목소리가 떨렸고 이제는 문재인도 말을 받지 않는다. 그때 갑자기 조국과 양정철의 귀에 '문재인 대통령 만세' 소리가 울렸다. 만세삼창, 그렇지, 윤청자 여사의 우렁찬 만세삼창이다. 그 '소리'가 둘의 귀에 똑같이 울린 것이다. 그렇지, '감동을 하면' 머릿속 컴퓨터가 그와 비슷한 장면을 찾아주는 것이지.

'문재인 대통령 만세!'

<끝>